主编　凌翔

当代作家精品·散文卷

素手执笔　慢煮时光

周永锦　著

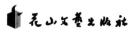

花山文艺出版社

图书在版编目（CIP）数据

素手执笔　慢煮时光 / 周永锦著 . -- 石家庄：花山文艺出版社，2024.4

ISBN 978-7-5511-6929-5

Ⅰ . ①素… Ⅱ . ①周… Ⅲ . ①散文集—中国—当代 Ⅳ . ① I267

中国国家版本馆 CIP 数据核字（2023）第 231036 号

书　　名：**素手执笔　慢煮时光**
SU SHOU ZHI BI　　MAN ZHU SHIGUANG

著　　者：周永锦

责任编辑：梁东方
封面设计：邓小林
美术编辑：王爱芹
出版发行：花山文艺出版社（邮政编码：050061）
　　　　　（河北省石家庄市友谊北大街 330 号）

销售热线：0311-88643299/96/17
印　　刷：三河市中晟雅豪印务有限公司
经　　销：新华书店
开　　本：710 毫米 ×1000 毫米　1/16
印　　张：19
字　　数：235 千字
版　　次：2024 年 4 月第 1 版
　　　　　2024 年 4 月第 1 次印刷
书　　号：ISBN 978-7-5511-6929-5
定　　价：86.00 元

你的思想值得被看见，写作是最佳展示途径

听过这样一句话，很多人在三代以后就无人记得，不管你的思想多么深邃，生活多么有趣。

我对于爷爷以上的祖辈连名字都记不清，只听过一点儿零星的故事。询问了一下周围的朋友，大多都是如此，有的对于祖辈更是几乎一无所知。

越来越觉得会写作真的是赚大发了，那些原本会随着时光变模糊的记忆，在文字下得以清晰呈现。

我们对三代以上的祖辈知之甚少，却知道李白某一次出行的心情、杜甫的家国情怀、李清照的婉约清丽；知道张爱玲的浓烈、林徽因的淡然、三毛的真实……

而这些，都是因为文字的记录，让我们穿越时空得以窥见有趣的灵魂。

1

每个人的思想都值得被看见，而写作就是最好的方式。

现在网络发达，你对于生活的感悟、小窍门、专业技能，都可以通过文字表达出来，只要公开发表，就可以被远隔千里的人读到，而网络记忆具有长久性，发表的文章可以保存到数年后。

面对面的交流实在太局限，文字能放大我们的影响力，实现更大范

围的有效交流。现在有很多展示平台，分享旅行、读书心得、育儿、感悟、专业知识等，每一方面内容都会拥有读者，都能在文字的加持下传播得更远。

如今，更是有许多内容创作者通过写作而获得不菲的收益，实现阶层跃迁。

2

写作就是勇敢地表达自己，只要分享的是积极正能量的东西，一定能获得一些人的欣赏。

如果你有闲余的时间，真的建议你在网络上记录分享。把自己的想法一字一句表达出来，是一件非常值得去做的事情。

写作是缓慢却稳步向前的，一开始确实发展慢，但是一般坚持三五年后，一定会有些确定的收获。

而其他的事情，没有个十年八年，根本不会有什么成绩，甚至还有好多行业，随着年龄增长而贬值，四十多岁后非但没有成长还随时担忧被裁员。

而写作就不会，能力是随着写作时间而增长的，通常写的字数越多，文字驾驭能力也就越强。

这样一想，写作是一件见效比较快，而且不容易贬值的事，非常值得一试。

3

这里说的是公开写作，相比于日记，公开的力量在于让我们更认真地对待自己笔下的文字，仔细打磨。

公开与否真的不一样，我以前也时常写下几行字，但因为是写给自己看，往往几个字就结束，而且还经常断更。而公开写作以来，想到有读者朋友关注，每天非常认真地输出文章，打磨内容。

他人的关注会促进我们做得更好，因为我们用文字邀请别人进入自己的世界，总会想提供更好的东西。

写作的过程就是思想外化的过程，能提升自己的思考能力，还能带给别人价值，真是一件一举多得的事。

有一段时间，我觉得自己每天都写但似乎没有什么进步，其实现在回头看看，能明显感觉到自己的成长。

小结：

不管你从事什么，如果你愿意用文字记录，那么你就多了思想外现的机会。持续这样做，你就能被更多人看见，或许就能获得一些意想不到的机会。

现代社会"酒香也怕巷子深"，有才华要善于展示出来，而文字无疑是最好的方式。

用文字记录自己，留住岁月痕迹，到年老的时候看看，一定特别有意义。

目　录

第一章　一个女孩的成长之路

好担心你，这么不爱出门玩！

1

在我们十多岁的年纪，关于青春成长的话题，大人们好似都有意无意地攀比起来。谁家的孩子爱到处跑不着家，从不跟在大人身后，那就是独立长大的标志啦。

印象深刻的是街边一个大妈，她家有个与我年纪相仿的男孩，每每跟我妈聊天，都带着炫耀的口气说："我家那孩子，跑得都没影了，根本找不到。"然后，看着我妈身后跟屁虫一样的我，说："咋不出去玩玩啊，这么大了还黏妈。"

说的次数多了，妈妈也有些焦急，看着老是在家里晃悠的我，恨铁不成钢地说："你怎么总是待在家？要像别人一样多出去玩玩就好了。"

而我作为资深宅家女孩，每当这种时刻就显得局促不安，因为我不知道要去哪里玩，也不知道要到哪里去才能让我妈找不到。

我每每被数落就到街边转一圈，怀着无比难受的心情。

青春期的自己就是这样敏感，总觉得大家的目光都在看着自己，如芒在背，惴惴不安。

2

直到长大了，我开始在节假日安排与朋友聚会、到周边游玩、参加旅行团。或者待在家里自己看看书、写写文章，怎么舒服就怎么来。

不会再有周围的邻居一脸惊讶地说，"怎么不出去玩啊？"我也不必总是挖空心思想着，自己要去哪里玩玩来证明自己长大。

父母也再不会担忧地说快出去玩一下，而曾经的那个大妈也再不会炫耀自己孩子到处跑。

那个青春的成长阶段，父母与我们一同焦虑，想要我们长大，哪怕那个标准听起来有点儿搞笑。

3

其实成长和独立，应该是开始有自己的社交和成熟的思考方式，并不是形式上的不归家，到处玩。

我们当年的乡村，到处跑其实就是未成年的孩子骑着摩托走村串寨，如今想来惊觉其中暗藏了多少危险，可在当时居然有点儿酷炫。

而且在我看来，成熟应该是该居家的时候居家，该外出的时候外出啊。我明明也是喜欢外面自由空气的人，不知道青春岁月里怎么走入了一个怪圈。

就仿佛是，你本来喜欢看书，老是有人在旁边说你的坐姿、翻书姿势，各种点评一番，到最后自己连怎么看都不知道了，反而充满了焦虑。

4

现在回想那位邻居大妈炫耀的神色和我妈担忧的神情，当年的焦虑早就消失得无影无踪，倒是觉出几分忍俊不禁的滋味。

我们终究都会成长，会拥有自己的生活，用自己喜欢的方式来迎接。用一种舒展的姿态，而非催促中窘迫不安。

我会相约朋友在古镇的酒吧，边听歌手弹吉他边喝上一杯卡布奇诺；也会相约到邻近的傣族景颇族自治州看风景、品美食；还曾与同事相约参加过海南之旅……

自由放松的闲余，成为调节自己的一种方式。

我也依然喜欢一个人的午后，院子里是孩子们嬉戏的声音，屋内是静谧地阅读。感受阳光一寸一寸移出房间，屋里慢慢暗下来，直到看不清书上的字。

两个都是真实的自己，动静相宜，内心舒适，就是最好的生活方式。不用和任何人做对比，你本身就是独一无二的。

成长是一种必然，无需焦虑，按时到来。

关于农村中学的记忆

1

初中的时候我开始住校，每个星期回家一次。

那是家乡的一所农村中学，当时基础设施很差，硬化的路面很少，教学楼是已经有些年代感的木楼。

虽然环境简陋，但在我心目中依然是一段幸福的时光，心思很单纯，唯一的任务就是学习。取得好成绩的时候心里比吃了蜜还甜，考不好的时候会悄悄流泪并下决心在下次考好。有老师的关注，父母的关怀，和谐的同学关系。青春如此美好，不拘环境，肆意绽放。

学习上也有明确的目标，就是要考取县一中。县一中是我们这儿最好的学校，每年都有被清华北大录取的学生。

那时的自己非常努力，哪怕是后来的高考、编制考试等各种考试，似乎都没有中考时候虔诚。

青春里心无旁骛地追寻一个目标，想起来依然感动。

2

我们当时的宿舍是老旧的教室，里面摆放的高低床大多已经锈迹斑斑，两个班的女同学合住在一起。

学校里供水不足，我们常常需要提着小桶到处找水，满足自己的洗漱需求，一年到头都是使用冷水。

记得学校旁边有个道路管理所，里面有个大大的水池，水清澈又充足，但是管理所里有个很凶的大妈，只能是碰运气，有时大妈关着门不开，还骂骂咧咧说我们老是过来提水。

有时兴许是大妈心情好，也会开着门让我们去接水，这种时候就像中彩票一样开心。

3

初中是长身体的重要时期，但那时的伙食很是单调简陋，我一度觉得自己个子矮小是因为发育期营养不足，但看到很多当时的同学都长得高高壮壮，又只得作罢。

那时的食堂是私人承包，整个就餐区有六七家食堂，除了教师食堂偶尔为学生提供荤菜，其他食堂早午晚饭都只有素菜提供。早点只有包子一种选择，且都是素馅的。

现在提倡大家清淡少盐是基于多数人油腻过重，而且营养来源丰富，而对于当年正在长身体的我们，几乎不见荤腥的伙食让我们经常感到饥肠辘辘，记得当时英语课有一个单元专门讲食物，可把我们馋坏了。

4

在住校的日子里，与同学朝夕相处，开始建立友谊。那时与大多数同学都相处不错，下课的时候大家在一起说说话，开开玩笑。

虽然我们入读初一已经是2000年，但是很多同学来到学校只是为了完成"普九"，心思并不在学习上。

当时我喜欢学习有自己的目标，所以与认真学习的同学走得更近一些。那时我玩得比较多的，一个是丽，当年的英语成绩很好，还有努力学习的艳、赛，我们几个在一起喜欢讨论学习问题。当时升学率并不算高，但我们几个都考上了高中。

很多同学初中毕业后就没有再念书，走出校门到社会上谋生了，找些洗碗、守服装店、搅拌沙灰等工作，或者随着当年的打工人群去省外务工。

继续读书或者外出务工，十多岁的孩子就做着抉择，从此走上完全不同的人生道路。

有点儿黯淡的高中生涯

1

初中毕业，我考上了家乡最好的高中——县一中，因为学校每年都有考上清华北大的学子，所以能考上这所学校的学生，在同龄人中绝对是天之骄子一般的存在。

非常幸运地考上心仪的学校，想不到的是，那里等待我的将是迷茫和黯淡的三年时光。

当时刚刚完成自己的阶段目标，加上我整个初三身体不好，一直是带病学习，所以升入高中我一下子放松下来，甚至一时陷入享乐的状态，在学习上非常松懈。

初中时候学校供电很不稳定，要么没电要么就是非常微弱，我用眼习惯也不好，所以近视了。入学体检的时候，已经查出近视，但父母与我都大意了，没有配备眼镜。

我个子不高，被老师安排在讲台最右侧的第二排。听起来是在前面的座位，其实只要坐过的同学都知道，教室最左和最右的位置，因为反光很难看清黑板上的字。

我近视加上黑板反光，并且我的心思也不在学习上，刚进入高中的那段时间，每天都在虚度光阴。

2

高中阶段的我非常迷茫，一度缺乏努力的动力，从小优秀的我第一次产生了厌学情绪。

父母对于青春期的孩子显然缺乏沟通经验，与我有着很深的摩擦和冲突。我在农村中学算佼佼者，但是到了一中，明显变得普通起来，心理落差也很大。

我没有目标，内心冲突得厉害，完全不能集中精力，课堂上老师的话一句都没有听进去。每天按时睡觉、吃饭、上课，不干违反校规的事，但出工不出力，浑浑噩噩。

那段时日里我就像一个空心人，直到第一次月考，惨不忍睹的分数是对我状态的清晰呈现。

正是这次糟糕的成绩，引发了一系列"多米诺骨牌效应"，我也由此进入了一段心情灰暗的时光。

3

没有想到，高中的第一次考试成绩成了我读书生涯最糟糕的记录，毕竟六十多人的班级我考了五十多名，每一科成绩都不忍直视。

当时我并没有被父母严厉批评，想来算是非常包容我了，只是让我要认真学习，多问老师之类的。我也开始意识到问题的严重，当即决定认真学习。

然而，连锁反应远远不止于此，毕竟是入学第一次考试啊，相当于摸底的，你考这么差，在一些同学老师的眼中已经将你定义为差生，甚至怀疑你中考成绩的真实性。

我迅速地捕捉到一些同学的不屑，自尊心告诉自己一定要开始努力了。

4

无心学习、成绩不佳倒也罢了，最痛苦的莫过于你越发要求自己认真学习，却越发学不进去。

那时候自己太想要表明自己的能力，却陷入了另一种困境，越要求自己认真听似乎越听不懂，越紧张越不会做，后来很长时间我都面临这样的困局。

更严重的是，因为成绩老是考那么低，原有的自信丢失殆尽，高中生涯的自己是真的自卑啊，丝毫看不到自己的优点，觉得自己学习太差了，太糟糕了。我初中可以给同班同学讲课、全校节目中上台演讲，高中却因为自卑，回答问题都不敢。

这影响了我今后的许多年，总是会无来由地焦虑，对自己没有信心，青春时代的经历对人影响久远。

现在想来，最主要的原因，还是自己的内心缺乏力量，对自己没有准确的定位，也缺乏相应的理想目标。

可见，许多事情的原因远在此事之外，比如学习不好，问题大多在学习之外。

初入大学的时光

1

我们上大学的时候赶上大学城建设，成为新校区的第一批进驻者，宿舍、食堂、教室都是崭新的，一切都和我们一样新，我们是名副其实的 freshmen。

大学生活在新校区拉开序幕，课程、课外生活、社交等都和以往学段有着明显的差异。

我当时居住在四人间，上床下桌的设计，桌子边有个小小的衣柜，整体为原木色，看起来很素雅，我对自己的这个新家很满意。

四个宿舍成员都很有责任感，每天将宿舍收拾得规矩整洁，我们还获得过"文明宿舍"称号，在宿舍楼的小黑板公示表扬，还领回来了奖品。

刚刚入学，大家都是以宿舍为单位活动，我们一起熟悉校园环境，一起上课，周末到城区逛街，度过了一段快乐的时光。

2

作为吃货，每每回忆起大学生涯，还是会立刻想到美食，大学时代的食堂物美价廉，味道很棒。

那时的早点挺丰富的，有饵丝、米线、面条，还有稀饭、鸡蛋、豆浆、包子等，充满元气的一天在热气腾腾的早餐里打开。

我们小学初中的早点只有包子，大概是多年吃出了包子胃，即便有其他选择，我大部分时候也还是会选择包子，大学食堂有茄子馅的巨好吃，离开大学后我就没吃到过，挺怀念的。

食堂提供的稀饭有两种，一种是甜的紫米稀饭，一种是皮蛋瘦肉粥，我在大学食堂第一次吃皮蛋瘦肉粥，很对胃口，吃起来超幸福的。回族食堂的牛肉米线也是真的没话说。

正餐的时候，宿舍成员各自打了菜拼在一起，端着米饭坐到一起吃。每次我们必吃的是凉菜，一般都是打几个半份，这样可以品尝更多的菜品，什么炝黄瓜、拌面条、拌木耳……都挺好吃的。

大概是因为有青春滤镜，哪怕当时我们没少抱怨食堂的味道、分量，现在回想起来也只有美好。

3

因为新校区的建设进度，我们大一入学推迟到10月份，先在部队军训了半个月，所以上学期真正属于大学的时间只有两个多月。只相当于是大学的一种前奏或者适应期，因为就时间来说它确实超级迷你。

那时我们班的同学都挺内向的，感觉热闹不起来，所以当时的班委还想了抽同桌来增进交流的办法。

不过内向的人可能都更有潜力，我们那一届考研，我们班三十多个同学大概考上了一半，创造了学校的神话。还有好几个是和我一样差了那么几分的同学，这是后话了。

刚刚上大学那一阵，我的学习思维还完全没有转变过来，不习惯去翻阅大部头的作品，更喜欢延续高中时的做题方式。还专门跑到市区买了相应的试卷，只能说那种延续高中式的学习方式太过于陈旧了，第一个学期的成绩只能算差强人意。后来才逐渐从只会专门练题转到看专业书籍的方式。

我在大学的微机课上，才第一次申请了QQ，那时已经是2007年了。在此之前，我除了上学校的微机课，没有玩过联网的电脑，没有去过网吧，更不认识互联网世界。

4

大学的这个迷你学期，包含了许多节日，过得十分热闹。

我们一群在高中压抑许久的年轻人，终于迎来了最自由奔放的阶段。

大家把教室打扮得张灯结彩，准备了各种食品，那是我第一次庆祝圣诞节，第一次戴圣诞帽，第一次吃圣诞苹果，记得当时的心情雀跃美好。

说起来小城姑娘真的不容易，很多东西都是上大学才知道的，那些年消息闭塞挺严重。

新校区离城区特别远，第一个学期还没有开通公交车，去省城市区一趟需要天没亮就出发，高一脚矮一脚地跟着前面熟悉路的人走，完全辨不清方向。等到了有车的地方，一群人就开始拼命地往车的方向跑，生怕跑慢了挤不上车。

那么卖力地去了市区一趟，但是那次到市区去了哪里，做了什么，我竟也完全忘记了。但是清晨赶路的情节，却很深刻的记得，大概是永远记得那种期待的心情。

记得那年，我们坐绿皮火车去大理

1

我的家乡在祖国西南边陲，这里山势陡峭，交通一直不便利。我读大学以前除了汽车，其他的交通工具都只在图片里看过。

那年我大二，表妹和堂弟大一，暑假我们一起回家，在省城会合后决定坐绿皮火车走。

首先是因为我们都没有乘坐过火车，非常想体验一下。第二个原因是票价便宜，当时从昆明到大理只要三十六元的票价，我们有学生证还能打五折，所以，最后只需支付十八元，实在是非常实惠。还有第三个原因，就是我们特意先乘坐到大理，然后去大理古城游玩。

到大理我们回家的路途就行走了一半，既实惠还能游玩，对于还是学生的我们来说是非常合算的。

2

早早起床赶火车，挤在人群里仔细寻找属于我们的那节车厢，因为假期人多最后只买到了站票，不过这也不能打消我们初次乘坐火车的兴奋。

进入车厢后非常拥挤，好不容易才在过道的窗户边寻到一点儿位置，摆放好行李包，人就坐在上面。

一声长长的汽笛声响后火车缓缓驶出，看着窗外的景物往后退，心里激动极了，想起电视剧里主角在火车站别离的镜头，拥挤的车厢也觉得有点儿浪漫，唉，年轻时的想象力啊。

一路的风景不错，印象中是一片片绿绿的森林。窗内是拥挤的人群和狭窄的位置，窗外是连绵不绝的森林和蓝天，虽然反差有点儿大，但心情是美好的。

绿皮火车的速度是真的很慢，我们这里老话说"火车没有汽车快"，不太远的路，从晨光熹微出发，一路摇摇晃晃，到达大理的时候已经华灯初上。

暮色中我们随着人群出了站门，到下关市区寻找到一家实惠的旅馆，心里隐隐有些兴奋地期待着第二天的古城之旅。

3

第二天一大早，三个人就直奔公交站牌，坐上了直达古城的公交车。

有趣的是，由于公交车到达的地方不是正门，我们找入口可是费了好长时间。大理古城是一个类似正方形的建筑体，当时笨笨的没有找到入口，围着城墙转了大半天。

后来又被三轮车司机忽悠着去了一塔寺、崇圣寺三塔。但一塔寺太过于荒凉，荒草很深无法靠近，而三塔问了门票后我们打了退堂鼓。

最后返回古城位置，这次转了一会后忽见一个城门，三人决定顺着往下走走看。从城门进入，两边石板台阶修葺整齐，中间一条清澈的河流淌过。

沿途河流、柳树、古建筑，风景极好，我们一边欣赏着一边往下走，看到心仪的风景就停下拍照。

4

慢慢往下到达了古城中心位置，人群喧闹起来，各种摆地摊的和小店铺，很多游人在购买物品。

我们逛了大理白族手工艺品店，看具有民族风的包和披肩，最后买了几个缝制成鱼状的民族手工包做纪念。

在古城区还时常被人喊"金花"，遂想起小时候看的电影《五朵金花》，白族通称女孩子"金花"，也是蛮有趣了。

登了大理古城楼，从楼上可以俯瞰整个古城建筑，视野很开阔。

因为我们是白天去的，所以大部分酒吧都是关闭状态，没能体会酒吧文化，但是丝毫没有影响我们的好兴致。

5

今天谈起，回想一下已经是十多年前的事情了。

我们乘坐的绿皮火车也退出了历史舞台，变成了更快捷的高铁，乘坐体验更加舒适，生活也越来越好。那时我们还是青春正盛的大学生，如今都已工作多年，都已为人父母。

我们都步入中年，也失去了一些东西，比如年少时说走就走的勇气和洒脱，纯真打量世界的眼光。

像这样一同出游的机会也越来越少了，可是记忆中的绿皮火车、下关夜幕、古城游玩，依然鲜活温馨。

那年我十九岁，在繁华都市奋力成长

1

那年，我十九岁，第一次到省城，感受繁华的现代文明。

高中生活是排得满满当当的课程表，做不完的试卷和习题，每天只需用力学习，大家很少关注学习之外的东西，日子简单充实。进入大学后一下子有了大把的时间，那些以前不曾在意的似乎重要了起来。

高中的时候学校要求穿校服，同学之间看不出多少差异。大学里穿便装，姑娘们的打扮真是争奇斗艳，来自小城的我在光鲜的人群间毫不起眼，感觉自己土得掉渣。

同学中城市姑娘明显性格外向、多才多艺，而像我一般的就显得内向许多，也没有什么能拿得出手的技能。

一些同学已经在热络地准备创建社团，但是我自卑内向，连上台说话都紧张。灰姑娘的我毫无意外地陷入迷茫，完全找不到方向。

2

首先面临的问题就是师范生必须能上台讲课，至少要得体自信，而那时的我根本没有那样的勇气。

迷茫找不到出口，还好我身上有股韧劲，我不服输我要改变自己。

于是往图书馆跑得非常勤，每天去阅读，看很多心理学杂志，找一些克服紧张的方法。

我现在还记得书里介绍的自我暗示法，告诉自己不要怕，增强自信心，对自己的状态和所讲内容要胸有成竹。还认真找了教案，学习备课的方法。

因为天天跑图书馆，消息比较灵通，后来还幸运地成了图书馆员。

3

为了克服上台演讲的胆怯，我与几个同学有空就约着到无人的教室锻炼。很多事情，你一旦真的重视起来，就已经不再困难。

我这样的拼劲，终于迎来了属于自己的时刻：

我从紧张局促、备受嘲讽的 loser，到在讲台上侃侃而谈；

大四未结束，就在私立学校找到工作，成为我们系第一个找到岗位的同学；

毕业汇报课，我取得了那一届的教学汇报课一等奖；

大四毕业前，还收到了顶岗学校——一所优秀县城小学抛来的橄榄枝。

大学，从焦虑不堪到自信大方，这一路，我走了四年。

小结：

我就是那个一直在迷茫，时常陷入低谷的姑娘，被许多人无视过、打击过、嘲笑过。我也是那个一直有股拼劲的姑娘，每一次的迷茫和低谷，我都奋力还击，拼命努力。

我因为拼劲和最终的结果，得到过许多人的夸奖、羡慕、另眼相看。

每到一个新的成长阶段，那个迷茫小恶魔就会跳出来，在我面前耀武扬威。迷茫如影随形，我也练就了随时与迷茫过招的本领。

虽然有时候，这只小恶魔功力大增，我被它打得丢盔弃甲，但我从来不认输，默默积聚能量，狠狠地给它回击。

迷茫是个狡猾的小恶魔，逮着机会就跑出来和我较量。而我也在勇敢与它作战的过程里变成了更好的自己。

顶岗实习期间的一次家访

1

大三以后，我开始参加校内外活动，感觉每天都充满了能量，内心也敞亮起来。真的让自己蜕变的是大四，那年国家有一个针对毕业生的政策——顶岗实习。

顶岗实习就是大学将大四学生进行分配，两个学生置换一个云南地州中小学在职教师。在职教师到大学学习提升，我们到在职教师的岗位实习。

大四开学就听到了这个好消息，心里隐隐有些期待，以往大四学子的实习只是象征性地到学校听课一个月左右，而我们顶岗意味着是一个学期，而且是真实地上台讲课。

因为是国家重点来做的一项毕业生政策，所以我们实习期间是有补助的，记得是一个月四百元。

在学校进行了一些岗前培训和学习，十月份的时候我们正式前往各地州实习。我和同伴小段是自由组合，我们抽到了西双版纳。在此之前我俩都没有去过那里，只在很多文章里读到过，心里充满了期待。

出行那天我们早早到了车站，乘坐卧铺车前往，一路颠簸大约十小时后才到达了那座城市。看到路旁的各种热带植物，有民族特色的建筑，穿着民族服饰的人群，心里对这次特别的行程充满了好奇。

我们到当地教育局报到，之后分配前往顶岗学校——一所县城小学，实习的科目是四年级的语文。

2

顶岗实习差不多四个月的时间，是工作前的一段预热，生活充实快乐，内心得到极大的疗愈。

教育故事总是离不开可爱的孩子们，那些孩子上四年级，是非常纯真的年纪，十岁左右。

县城小学大多数孩子的家庭经济状况都很不错，只有一个叫小东的男孩子显得有些格格不入。他与班里的同学相比显得很瘦小，身上的校服总是脏脏的，学习什么都很困难，在班级里也几乎没有什么朋友。

于是我和小段决定去小东家里做家访，了解一下家庭情况，在一个放学的午后，我们跟随小东去往他家。

一路走过热闹的街道，又开始走一条碎石路，然后是有点儿狭窄的田埂路，很长的路途，小东说平时都是自己一个人走。

最后到达了一栋非常简陋且脏乱的小木屋外，小东说这就是他的家。那屋子从外面看完全不像有人居住的样子，就是由几块木板搭在一起，院子的泥地上随处堆放着捡回来的塑料瓶，看起来脏兮兮的，还有几只鸡和窜出来的几只猫在活跃。

我们当时震惊极了，居然有人生活在这样的地方，他的爸爸从屋子里出来，看上去苍老而疲惫，知道我们是老师后很客气地和我们攀谈起来。

3

从谈话里我们得知小东的母亲几年前离开了，如今小东和父亲相依为命，收入就是靠父亲捡废旧物品变卖。

讲了些什么已经记不太清了，但是我非常清楚地记得当时难过的心情，为这个孩子的身世和艰难生活。

年幼的小东非常开心地把他养在水里的一种玩具端出来给我们看，那种天真的表情让我们觉得有点儿心酸。

记得离开的时候，我和小段都给了他爸爸一百块钱，我们也知道这并不能改变什么，当初只是学生的我们只能略表心意。

离开后完全没有了小东的消息，不知如今的他日子过得怎么样。

4

总觉得不过只是几年的光景，现在想想也是十多年前的事情了。确切地说，这些异乡四年级的同学们，才是我真正意义上的第一批学生。

我常常想起这个叫小东的学生，也提醒着我身为教师，要多给特殊家庭的孩子关爱，给他们黯淡的生活添加一丝光彩。

毕业前夕，为了留下来而努力

大四的寒假我选择留在省城，寻找工作的机会。

放假前听说同一届的某个女同学应聘上了一所私立学校的老师，大家都称赞她很厉害，打心眼里羡慕她。

那个时候年轻不服输，我觉得我也能应聘上。于是便决定利用寒假应聘，宿舍的同学都回家去了，我一个人留下，只为了证明自己。

大学城离市中心很远，我要搭坐两班车，才能到达应聘的那所学校。

1

我一直记得那个清冷的早晨，我一个人前往应聘学校总部的忐忑和兴奋。

乘坐电梯到了招聘楼层，在我说明来意后，工作人员让我登记了信息，之后被带到指定的教室，里面已经有几个应聘者在等候。

不多久就有工作人员来给我们分发试卷，具体的题目已经记不清了，只记得我答得认真仔细，交卷后我们需要等待大约半小时，人事部当场公布结果。

我非常幸运地通过了笔试，通过笔试的成员在校区负责人的带领下领取听课表。我们接下来的任务是带着听课表自行前往该校任意校区听课，六天后上交听课记录并进行第一轮面试，然后通过者又继续听课，通过三轮面试者可以进入试用期。

我郑重地领取了听课表，开始在城市里劳碌奔波，在各校区辗转。那个时候浑身有使不完的劲，有时两个校区隔得有点儿远，课程时间离得很近，听完上一个校区的课就立刻奔跑着去赶公交车。

有几次为了听课来不及吃午饭，就在路边买个红薯，几口吃完就进教室。但我并不觉得苦，为了梦想奔赴的时候，做什么都是甜的。

2

现在想来我都很佩服那个时候的自己，身上有一股拼劲。

我很顺利地通过了三轮面试，进入了试用环节，被分配到校区给学生上课。记忆中那些小孩子很可爱，和他们在一起很快乐。

在这所私立学校我领到了人生中的第一笔工资，虽然只有七百元，但对于我具有重要的意义。

虽然后面因为各种原因离开了，只在那里工作了两个月的时间，但是那一段经历却永久地留在我的记忆里。

那是一个女孩的拼搏，我喜欢那个姑娘身上的韧劲，好想穿越时光去给她一个结实的拥抱。

3

我从小就自立，也一直很有想法，敢冲敢闯。

依然记得那年省城的街头，空气里带着凉意，我拿着课表匆匆奔赴各个校区，只为给自己拼一个未来。

后来我回家乡做了公立学校教师，在一个农村小镇，工作生活很安逸，好像这长长的十年还没有省城拼搏的那段时间精彩。

我不是一个安逸的人，喜欢拼搏，积极进取。现在没有说走就走的洒脱，但骨子里我依然是那个敢拼敢闯的姑娘，所以我开始写作，用文字为自己打开一扇窗户。

　　写作是我另一种形式的拼搏，很多时候，人生只有不停地折腾，才会有无限的可能。

那些遥远而零散的记忆：老旧小区、车祸

大四的下半学期几乎没有什么课程了，我大学和任教学校两边跑，还要兼顾论文和找工作，一时之间恨不得生出三头六臂来。

私立学校在入职培训的时候，告知我们要在这里工作需要到家乡开具一个失业证明，让我忽然对努力争取到的机会有点儿犹豫。虽然工资条件相对来说比较诱人，但是听着失业证明终究觉得不是很欢喜，所以边上课边思考自己未来的路到底要怎么走。

1

因为是辅导学校，学生都是放学才过来，所以晚课特别多，上完课回宿舍通常只能匆忙赶去搭最后一班公交车。

下车后公交站离宿舍还有一段距离，沿路的店铺大多已经关闭，安静的路上只能听到我的脚步声，昏黄的路灯把我的身影拉得很长。我从来没有遇到过坏人，但是孤单一个人还是让我心里有点儿发怵。

我租住的是一个老旧小区，三人合租的屋子。其中一个租客是与我同在这家私立学校的老师，我是经她介绍过来的。另外一个租客是个男性，不清楚什么职业，也基本没有过交流。

洗手间和厨房是共用的，不过我从来没有做过饭，因为那时还需要经常回学校处理事情，实际上我并没有在那里完整地居住过几天。卫生间使用过几次，都是上课回来洗澡，热水倒是挺不错的。

那个时候如果没有后来的意外，我估计在犹豫之后还是会选择坚持下去，毕竟那时自己的心愿就是留在省城。

2

临近毕业前，在我们学校的各个校区经常有大大小小的招聘会，大家都积极准备简历去投递。

那是一次校区招聘会头天，我带几个地州上来的朋友先去熟悉环境。事情就发生在我们逛完校园出来的时候，大概下午五点吧，道路两旁非常拥挤，我们一群人走到马路中间的行人区，等着绿灯时通过。

我们边聊边等待，气氛很是和谐，忽然飞快驶过一辆电动车，不知挂到了我的哪里，我还没有反应过来就被带倒在地。

那天我戴了一个金属发夹，摔下去后发夹划破了头皮，血瞬间就流了下来，染红了我身上的白色毛衣。

在大家来扶我的档口，我听到好朋友大声喊"站住"，只是那个驾车的小黄毛并没有停歇，一溜烟就不见了。

3

因为流了血，我感觉头昏昏沉沉的，把同行的朋友们都吓得不轻。后来打了120把我送到医院，做了头部 CT，到医疗室消毒，然后到病房打点滴。

我昏昏沉沉躺在推床上等 CT 的时候，模模糊糊听到有人在哭，我睁开眼睛看到是宿舍的 L，她是个比较梦幻的女孩子，情感很丰富，我忙安慰她我没事。

我在医院输了两天液，记得那几天是舍友 L 和 H 在照顾我，尤其第一个晚上她们陪床，两个人守在床边将就了一夜。那几天我打针右手不方便动，她们俩轮流来给我喂饭。出门在外的我们，最能依靠的就是朋友了，时隔多年，想到心里依旧暖暖的。

好在做了各种检查后，除了头皮被划破的地方，内部没有什么创伤，我在住院两天后出院，医生交代回去再静养几天就可以。

4

那次受伤住院，其实改变了很多。

首先是因为住院和后期休息，影响了我在私立学校的转正，那时属于试用期，就需要请假一段时间调养。以营利为目的的私立学校自然不乐意，所以事情就耽搁了下来，直到最后只好离职，也算是间接地解决了我的犹豫不决。

其次就是我们准备去参加的那场招聘会，由于我住进了医院也没有参加成。再次就是学院汇报课我获得了一等奖，学校要组织各学院第一名的全校角逐赛，因为我发生了这场意外，根本没有时间做更多准备，还因为病情差点儿没能参加。

最后带着病体勉强参加比赛，但是发挥得实在一言难尽，相当于也间接地失去了一次就业的机会。因为这场各学院第一名的角逐赛，每年都会有省城一些不错的学校来旁听，其中不乏直接签约的例子。

因为一场意外的车祸，我相当于同时失去了三个不错的就业机会，身体也很乏力，心理上非常失落。

正在这时，我顶岗的学校向我伸来了橄榄枝，这是我车祸后沉寂的日子里得到的最好消息了，我们顶岗的学校位于当地县城，教学水平高，教师福利和机会都很不错。我们刚毕业的学生，能得到这样的机会实属难得。

当我把这个好消息告诉爸爸的时候，他非常迟疑，既为我有好机会而高兴，又不想独生女的我去那么远。我思忖再三，最终带着遗憾放弃了这次机会。放弃非常艰难，多少同学都没有这样的机会，都等待着最后的考试以及未知的结果。

我再一次放弃了摆在面前的机会，那时已经离毕业很近了，心里很是焦急。

小结：

在大四的寒假就拼命地去争取私立学校岗位，在汇报课前做足了功课。进入私立学校的试用阶段，汇报课获得一等奖，一切似乎唾手可得。

然而，一场意外的车祸，让我遗憾错过了许多。

再加上放弃公立学校选项，短短几天的时间，经历丰富到让我有些错愕。有的时候，命运这件事真的无力抗衡。

在岁月中成长

1

年少时，读杜牧"十年一觉扬州梦"的诗句，觉得这句诗颇有夸大的成分。十年，该是多么漫长的岁月啊。

彼时我只是十多岁的少年，十年，几乎占据了生命三分之二的时光，很难理解十年如弹指一挥间。如今，马上就是我工作的第十个年头，回望来时的路，才发现时间真的如此之快。

古人喜欢用十年来划分人生阶段，三十而立、四十不惑、五十知天命、六十花甲、七十古稀，每个十年也有着不同的人生主题。

人在第一个十年是成长最快的，十岁前，这时候，身体成长最快，技能增长也最快；第二个十年，十到二十岁，正处于求学生涯，积累知识，依旧有日有所进的感觉；二十到三十岁，步入职场，组建家庭，多数人都会在这个年龄段安稳下来。

工作、家庭稳定之后，成长的速度，知识的迭代似乎就慢了下来，很难有年少时的那种获得感了。

2

年少时，精力主要用在读书学习，过一段时间回顾，总觉得收获满满。工作之后，却感觉到思维、知识进步缓慢，很难十分准确地说出工作十年的自己收获了些什么。

这个时候，多数人已经稳定下来了，基本的知识体系、价值观念已经形成。要想有前两个十年一样的获得感，是比较困难的，依旧在飞速成长中的只有少数人。

记得在一部电视剧中，男主谈到一个家庭主妇时说，她毫无长进，跟她聊天乏味至极，十年后肯定也依旧是"早中晚饭，鱼尾纹"，当时听到这句台词，觉得特别损。

转念一想，可不是吗，不再成长的人，真的有可能二十岁时的思想，到八十岁都不会改变。如果不继续学习、阅读、思考，多数人的人生就会停滞下来了。

人就被时间推着往前走，日子像是复印出来的一样，雷同而又枯燥。

3

我们对自己、对别人，都习惯用一种静止的眼光去看待，因为大多数的人，真的很难做出改变。

所以，我们习惯性地认为，那个胖胖的人，肯定还是每天不愿运动，还是喜欢吃油腻腻的食物吧；那个青春期叛逆的孩子，如今一定不省心，到处闯祸吧；那个书写混乱的少年，肯定还是写一手别扭的字体吧；那个被领导批评过的员工，肯定还是积极性不强吧……

是的，生活中多的是从不改变的人。

但是，也有人走在成长的路上。也许那个胖胖的朋友，已经决心锻炼，如今的身形已然大不同；青春期叛逆的孩子，可能已经早就成长，努力工作，孝顺父母；书写混乱的孩子，可能已经练就了一手好笔法；那个曾被批评的员工，可能如今已经积极工作，取得了一些进步……

4

无论哪个年龄段，都要保持成长的步伐，让每天多一点点的进步。

我长期生活在小集镇，环境清幽的同时，信息相对闭塞。看书，就是成本最低的一种成长方式。

这段时间阅读，发现其实有些困惑是共通的。比如我现在的困惑，育儿、教学、生活、理财……其实已经有人将自己的经验总结在了书籍里面。

人类社会之所以能发展迅速，就在于人类经验的可传递性。我们可以在前人的经验中探索，就不需要再一一试错。

读育儿书，你会发现育儿不是放任成长，或者直接沿用自己所受的教育就可以，里面有着诸多的智慧。

读理财，你就会发现原来"你不理财，财不理你"是真的，与其天天抱怨工资低，不如在合理的范围内认真地规划，养一只属于自己的金鹅。

读教学类的书籍，你就会知道，原来教育还有这么多的规律，自己做的还远远不够，而不是责怪学生们不肯用功。

静下心来阅读、思考、写作、投稿……工作的地点难以作出改变，但是可以通过积极探索，了解更广阔的天地，更深邃的思想，不要被环境牢牢限制。

5

如今是信息爆炸的时代，只要我们有一颗求知的心，一定可以获得成长的。

愿自己在人生的每一个十年都坚持学习，认真完成每一个生命历程所赋予的主题，能一直有所进步，有所收获。

在岁月中成长，让人生的每一个部分，都能成为自己喜欢的样子。

藏在食物里的爱

有人说，想家其实就是想家里的饭菜了，年轻人的乡愁都是长在味蕾里的。

一个作者谈起妈妈做的几个拿手菜，说自己不会也不打算让妈妈教自己，想吃了就回家里吃。

这样一篇简单的文章，看得我泪流满面，妈妈因为生病的缘故十多年前就去世了。如果我认识这位作者，我一定会告诉她，尽早学会妈妈的拿手菜，哪怕离家远也可以自己做，把妈妈的味道留在身边。

1

我的成长可以说是断续的，我最庆幸的事就是幼年时代在妈妈身边生活，这一段生活经历也是我所有安全感、幸福感、仪式感的来源。

我记得妈妈会带我看书、带我去玩，尤其是食物，只要我说想吃什么，不久后就可以吃到，妈妈还会花时间研究新菜式做给我吃。

我记得妈妈做的一道精致菜——小瓜炖肉末。

先把肥瘦相间的肉，剁成肉末，加入调料拌匀备用。取一个新鲜的小瓜洗净，瓜瓤取出，然后在瓜内放入备好的肉末，最后在上面盖上瓜把，从外观看依旧是一个完整的小瓜。

将小瓜放到锅里蒸，等熟透了就可以端出来食用。妈妈边端出来边笑盈盈地说着"有菜无菜，揭开宝盖"，然后把瓜把取下。

吃起来里面的肉渗透了瓜的清香，外面的瓜软糯香甜。

这道菜是营养和用心的结合，我从未在其他地方见过这道菜。等挑个时间，我要自己做一次这份爱的美食。

2

炸兰花豆，就是把干蚕豆放水里泡发，控干水，然后在蚕豆的上方用刀割道口子。在锅里倒入油，待油热了，放入油里炸，做好这道菜的关键是时间的把握，炸太久糊，炸太短不酥脆。

而妈妈炸的刚刚好，出锅后放上盐和辣椒粉、花椒粉等调料拌匀，别提多香了。

妈妈是个很有生活情趣的人，会将许多日常小事营造得很有趣，比如，她有一次神秘地对我说，带我去吃一种我从来没有吃过的糖。

好奇的我小馋猫一般跟着妈妈去，原来是一个做棉花糖的小贩到村子里，于是，我第一次吃上了像云朵一样绵软的棉花糖，也成了记忆中永远甜蜜的回忆。

每当我看到棉花糖小摊就想起自己第一次吃棉花糖的情景，就想起妈妈带给我的惊喜和关爱。

3

那时候在农村是五天一次集市，妈妈每个集市都早早带我去买菜，每次必带我去吃一碗稀豆粉饵丝。

稀豆粉摊的主人是村子里的一位奶奶，很是热情随和，每次和妈妈说话都不忘笑眯眯地和我打招呼。

每次都是妈妈吃一个大碗，我吃一个小碗，给我放多多的芝麻油，五天一次的美食，吃起来可开心了。

如今，我吃上一碗稀豆粉饵丝，脑海里依稀可以浮现一位年轻的妈妈带着她的小公主在摊前坐好，说，"老板，一大一小。"

4

如今，斯人已去，算算最牵挂我的人离开我十多年了。

现在，我也成为一个小小人的妈妈，今天晚上我写文章忍不住落泪，小人儿说："妈妈，你怎么了，你为什么哭了？"

我说："妈妈想妈妈了。"

宝宝说："你自己想自己了吗？"

三岁的宝宝没有见过他的姥姥，自然不能理解。

生老病死是自然规律，而怀念会让情谊存在心间，告诉自己，我是被爱包围长大的孩子，要记得一直快乐下去。

第二章　爱自己，是一生的功课

我希望你爱很多人，也被很多人爱

1

爱是人生的重要课题，那些你感受到被在乎、被宠爱的瞬间，会成为你前进路上的动力。

我羡慕那些一直被爱包围的人，有人在乎你细微的情绪，记得你所有的小愿望。

对于我来说，母亲给了我最初的宠爱。小时候物资并不充裕，很多东西要到街天才能买到，但只要我告诉妈妈想吃什么，下一个街天就能如愿吃到。

母亲会给我生日的仪式感，小时候小镇上很难买到奶油蛋糕，妈妈就买回普通蛋糕，切成圆形，然后将苹果切条，拼成"生日快乐"的字样。

每天放学回到家，听到妈妈的声音就安心了。被爱柔软包裹的片段，教会了我什么是爱。

每当我深陷情绪困境，都是这些生命最初的爱，给了我走出来的勇气。

2

有句话说，只有感受过爱，才知道如何去爱。

现在，我也是一位母亲，我也学着妈妈的样子，给宝宝最初的宠爱。在宝宝成长的每个重要时刻，都会给足仪式感，并向他表示祝贺。

宝宝的每个生日，都要给他穿上新衣服，带他来一段小小的旅程，一起围着生日蛋糕唱歌，祝福他又长大了一岁。

我们用小小的仪式感，告诉宝宝这一天是与其他日子不一样的，它具有特别的意义。

让爱流动起来，用一些小小的行动，让彼此感受爱意。

无论一个人的经历多么糟糕，也一定有那么一些爱的瞬间点缀其中。我们要有一双善于发现的眼睛，将自己人生里的那些爱意保存下来，来自父母的爱、子女的爱、亲戚朋友的爱，甚至是陌生人的爱。

把这些爱意留在心中，当人生艰难的时候拿出来看一看，就有勇气度过。

3

当接受别人的爱意，记得心怀感恩；当别人需要的时候，不吝啬给予。

许多事在发生那一刻看似稀松寻常，过后回想起来，内心却总会莫名柔软。爱并非轰轰烈烈，而是来自最平凡的日常。

人生已经那么艰难了，不要再错失了爱，用爱来温润自己，陪伴自己。爱虽然稀缺，但我们可以从自己做起，收集爱意，给予爱意。

被坚定地、踏实地爱着，是一件难能可贵的事。如果你正处于情感的沙漠，也不要放弃自己。主动去寻找、去创造属于自己的爱的世界，过去不重要，二十多岁后的人生取决于自己。

很多朋友都带着原生家庭的伤，但是我们长大了，我们可以开创新的人生局面。

每次看小郁儿的文章，总是会受到莫名的鼓舞，这个比我小好几岁的女孩子，有那么糟糕的原生家庭。但是她努力、上进，用文字写出了自己的精彩，也给很多人带去鼓励。

爱是人生永恒的话题，每个女孩子，愿你懂得爱。

女孩就像鲜花，爱就是滋养鲜花的沃土，爱让生命更加丰盈。

想用在网络中看到的这段话作为文章的结尾：

我希望你爱很多人，也被很多人爱。

我希望你走过人山人海，也遍览山河湖海。

我希望你看纸质书，送手写的祝福。

我要你独立坚强温暖明亮，我要你在这寡淡的世上，深情地活。

三十岁后，终于明白取悦自己最重要

因为从小接受的是打压式的教育，所以我一直比较自卑，不敢表达自己的意见，委屈自己讨好别人。

我慢慢成为别人眼中"什么都可以的人"，别人提出一些无理要求的时候也越来越理直气壮，自己却无力拒绝。

一次又一次地委屈过后，我终于想明白，这个世界上最应该好好对待的人是自己，取悦自己最重要。三十岁后，要找回人生的自主权。

1 优先考虑自己的感受

以前遇到事情，我总是担心别人怎样看待，很多时候委屈自己迎合他人。

但是，其实无论我们怎样做，都不可能让所有人满意。用自己的憋屈去讨好别人，那不是太傻了吗？

生命只有一次，选择自己喜欢的方式去过，让自己舒心快乐最重要。

不管亲情、友情、爱情，一定要察觉、尊重自己的感受，绝不忽略自己，因为无视压抑自己，心不甘情不愿的事是不可能长久的。

2 自己的价值自己定义

从前，我就如孩童一般，自己的价值等着别人定义。

不知有意还是无意，小集体里的一些人，对我总是诸多挑剔，一直觉得我这里做得不好那里做得不好，搞得我一度很焦虑，在心里否定自己，感到自己差劲极了。

直到我开始觉醒，阅读、运动、收纳……认同自己，做让自己欢喜的事情。

我写作投稿，运营公众号，终于有了一些小小的收获。

当我将自己活得神采奕奕，那些原本打击的声音，都听不到了。

3　勇敢表达自己的需求

勇敢表达自己的需求，"我不要你觉得，我要我觉得"的心态真的很赞，永远都在倾听和满足别人需求的人，自始至终都跳不出别人的眼光。

三十岁后，明白取悦自己最重要。不喜欢的社交就拒绝，不喜欢的人就远离，与其浪费时间在不值得的人身上，不如认认真真提升自己。

没有人比你更在乎自己，好好爱自己是我们必须学会的课程。

为自己煲汤、买质量好的护肤品、穿有品质的服装，让自己舒心比什么都重要。

4　做一些让自己感觉快乐的事情

我们每个人都一定会有一些自己喜欢的事情，这些事让我们感觉快乐。

不管是刷视频、收纳房间、制作美食，还是散步、闲聊、垂钓、阅读，只要能让你放松，就分配时间去做吧。

到了一定的年龄就会知道，能将自己陪伴得舒心快乐，是一个人的真本事。

取悦自己，就是及时察觉体会自己的情绪，尊重自己的感受，做让自己感到愉悦的事。

人的一生短暂，希望你老去的那一天只有从容没有遗憾。

把喜欢的东西留在自己身边，给自己创造一个正能量的环境。自己开心了，世界才是美好的。

能将自己陪伴得舒心快乐，是一个人的真本事

最近假期参加一些聚会，大家都说出来玩的时候很开心，但是自己一个人在家的时候往往就会陷入情绪黑洞，各种低落情绪扑面而来。

从前觉得天天乐呵呵的人没什么了不起，直到中年后，遇到越来越多麻木的人，才知道让生活有趣、让心情愉快真的是一项了不起的技能。

作为内向的人，长期面临陪伴自己的问题，于是我探索出了一些小方法，今天分享出来，希望对你有用。

1　找对休息方法

我们都认为休息多简单啊，不就是睡一觉吗？

还真不是，像我们平时用脑多，还写写文章，头脑本身比较疲累。这个时候回家睡觉，当沙发土豆，反而更加累了。脑力劳动繁重的人，休息的方式并不是躺平。

当我们用脑过多时，不要选择睡觉的方式休息，而应该让身体适度动起来。可以是散步、打扫房间，抑或逛逛街，都可以有效缓解这种疲劳，亲测有效。

有的时候书看得多了，题做得多了，效率很低，出去转了一圈后，头脑会更加清醒，效率明显提升。劳逸结合永远是最好的方法。

是否会休息，考验一个人的精力分配，不会休息的人，假期后反而更加疲劳，现在人群存在的"周一综合征""假期综合征"就是不会休息

的表现。

学习正确的休息方法，给自己的大脑与身体最合适的放松，有利于保持精力充沛。

2　让生活丰富起来

我们精神萎靡不振，多是因为无聊带来的。

总是在同一个地方生活，见同样的人，做同样的事，很容易产生审美疲劳。整个人都会丧丧的，对什么都提不起兴趣。

这个时候，我们就要学会安排时间，让自己的生活丰富起来。可以邀请朋友到家里做客，亲自动手做一顿美味的食物；可以去一处从未到过的景点，让陌生的美景唤醒迟钝的感官；可以学习一种新的技能，手工、美术、收纳，只要去做就会有惊喜；甚至乖乖女的你，也可以拉上朋友去酒吧看看，去 KTV 高歌一曲……

让自己从日复一日的沉闷里解放出来，做新鲜的事，看新鲜的景，将一样的日子过出别样的味道。

想办法做有趣的事，人生体验越丰富，就能唤醒内心的欢愉，让我们获得新的乐趣。

3　找到分享途径

不知你们有没有这样的体验，一个人的时候做什么都不太有劲，哪怕强打起精神，依然觉得内心空空的，无法分享的感觉真的让人很无力。

当我开始公开写作后，不管是分享好的做法，还是碎碎念，抑或分享自己看过的美景、吃过的美食都感觉兴致勃勃。

或许是因为知道我的分享会被一些人看，能带别人去远方，能慰藉别人的内心。

通过写作分享，我的日子充盈起来，觉得生活甚是美妙。"越分享越快乐"，在分享里，我成了更好的自己。

学会陪伴自己，是人生的必修课。能将自己陪伴得舒心快乐，有所收获，是一个人的真本事。愿我们都成为认真爱自己的那个人，给自己高质量的陪伴。

不适合的圈子就断舍离，多靠近能滋养你的人

生活中我们会遇到各种各样的人，有的人让你感觉很舒服、如沐春风，而有的人会让你觉得很难受，很压抑。

从能量磁场看，让你感觉舒服的关系是你在获取能量，让你难受的关系是在消耗能量。

年少的时候，总是想着认识更多的人，甚至试图进入一些并不适合自己的圈子。现在，只想将感觉舒服的关系留在身边，那些消耗自己的关系，就毫不犹豫地断舍离吧。

1

以前的我，在别人抱怨的时候，习惯跟着别人一起抱怨，或者试图安慰抱怨的人。

但是充满负能量的人，我们根本没有办法改变她的看法，在她的身边，只会消耗自己的能量，变得消极低沉。

我至今记得学车时的经历，大家都是按顺序练车，空闲的时候就在一起聊天。

其中的一个学员，无论聊的是什么话题，他都要与别人争个高下，好好的聊天成了辩论会，甚至充满了火药味。

这样几天下来感觉疲惫不堪，后来我都下意识地离他远一些，远离争论，让心情好一点儿。

2

我喜欢简单不计较的人，相处起来轻松；我喜欢说话简单直接，弯弯绕绕的谈话感觉很累；我喜欢积极思考的朋友，不喜欢消极悲观的话语；我喜欢相互鼓励、共同成长的伙伴，不喜欢否定、鄙夷和打压……

以前，我会勉强自己去迁就他人，现在，我只想选择让自己舒服的关系。

不必把所有人请进自己的生命里，不适合自己的关系会让我们没有安全感，身心俱疲，甚至会因此而抑郁。

我记得自己看过一个故事，讲的是在一个大学宿舍，主人公在四人间，被排挤和孤立，痛不欲生。后来，经过一些朋友的帮助，换了宿舍，交上了新的朋友，开始享受多姿多彩的校园生活。

有的时候，在一个小圈子里受到不公平的待遇，也许真的不是自己的问题，不要急着否定自己。

寻找能滋养自己的关系，也许你才能看到别样的风景。

3

多靠近乐观积极上进，能滋养自己的人。那些与自己有共同爱好的人，热爱生活、善于发现生活乐趣的人。

这个世界上有人将你视若珍宝，就会有人将你弃之如敝屣。

用心做好自己喜欢的事情，保持积极向上，一定可以遇到自己的同频人。你是这个世界上独一无二的，值得拥有最美好的一切。

不适合的圈子就不要强融了，远离让自己不舒服的人际关系。能让你开心愉悦的关系才能滋养你，让你从内到外充满活力，更具有创造力。选择滋养自己的关系，你会发现原来自己可以更优秀。

人生短暂，要把生活调到自己喜欢的频道。

努力是会上瘾的，不努力也是

我们的大脑和身体都是有记忆的，长期坚持什么样的生活模式，就会像有惯性一样持续下去。

每天看书、运动、写作，内心就越喜欢这样的状态，就会持续下去；每天睡懒觉、颓废、毫无目标，内心也会对这样的状态有所记忆，并延续这样的行为模式。

1

不管你的生活方式是否健康，如果没有特别的外力推动，大概率你都会一直持续下去。

有时想改变，前期也需要与身体做很长时间的抗争。这也就是很多人难以改变的原因，因为习惯的力量超出我们的想象。

努力是会上瘾的，尤其是尝到甜头后；不努力是也会上瘾的，尤其是习惯懒散之后。

你保持怎样的状态，一年两年也许没有什么大的区别，长远来看却影响着你的人生走向。是健康丰富、充满活力，还是颓废低迷，黯淡无光。

想要让生命焕发光彩，我们就要尽量调节自己，让自己坚持积极的生活方式。

让自己对努力的状态上瘾，而不是沉溺于懒散的状态。

2

我经历了很长时间的懒散和颓废，自从一年多以前选择了阅读和写作，发生了很大的改变。

起初的时候，也是各种不适应，看书慢效率低，写不出内容，关键是身体和头脑都反抗改变。

有时勉强拼凑一篇，也觉得像被掏空了，很累很疲倦。那个时候，我时常担忧自己坚持不了多久，因为与惰性抗争真的很难。

好在，我一路写着，简书坚持了接近两年，公众号也更了一年多。现在，我越来越有信心，将写作这件事永久地坚持下去。

3

坚持写作一年多，从最初逼迫自己，到现在越来越喜欢，写作已经成了生活中必不可少的一部分。

每天都会想主题，然后围绕主题收集素材，从电视节目、广告牌、交谈、书籍和身边的一切中获取信息，为写作服务。

因为写作需要大量的输入，所以我也开始阅读更多的文章，纸质的、电子的，大大丰富了自己。

同时结交到了很多同频人，与爱好写作的朋友在一起，有种找到组织的感觉，每天能感受到来自大家的正能量，也有了许多新的资讯。

如果没有开始写作，一定不会遇到这些惊喜。

4

从以前休息的时候慵懒颓废，到现在为了写作而努力，更明确自己的目标，我感觉自己成长了许多。

从习惯自我否定到重新找回了自己的价值体系，写作带给我很大的改变。因为写作，我更加自信，也能更加爱自己。我终于相信每个人都值得被爱，只要努力就能散发出光彩。

坚持写作带来了很多正向的改变，因为写作我变成了全新的自己。

坚持一项有正面影响的习惯，可以成为人生的一个支点，撬动自己的正向改变。努力让人生更加美好，更有活力。

对生活抱有一些甜蜜的期待

平淡的生活容易让人变得无趣而乏力，要学会给生活添加值得期待的人事物。心怀期待的时候，整个人是积极向上的，眼神里充满光芒。

生活里确实需要一些甜蜜的期待，让我们兴致盎然地迎接每一个醒来的瞬间，迫不及待地想冲到明天。

也许只是微改变，却可以带来全新的体验。

1 五月的美好，来自两株百合花

许是我的生活比较粗糙，宿舍里几乎没有插过鲜花。

最近孩子到其他小朋友家玩，回来跟我说他想要和小朋友家一样，在宿舍插鲜花。于是买回两株百合花，插在水瓶里放在屋子中央的桌上。

原以为只是两朵花而已，没想到我也和孩子一样期待它们的绽放。我们一起观察花的变化，晚上睡前花才微微张开，第二天一早就花开半朵，下午就已经盛开。然后又开始期待其他几朵绽放，生活仿佛多了别样的乐趣。

那种乐趣在于微妙却让人欢喜的希望感，每天都在等待它以不一样的姿态呈现。

现在花已经全部绽放，满屋都是百合清新的芳香，精神也变得愉悦，生活变得美好起来。

这也许就是许多人钟爱于养绿植的原因，每天都会有惊喜，每天都充满期待。

2 对周围的一切保持探索的热情

有时候我们觉得周围的一切都很熟悉了，毫无新意，平淡乏味。其实，只要怀有一颗好奇心，习以为常的环境里也能发现新意。

探索周围的一切，居然真的有新发现，不曾留意的树丛、鲜花，不曾注意的小吃店、书店和咖啡屋……

人生无处不风景，诗意就在身边，在熟悉的环境里做个好奇的宝宝吧。

这种对熟悉事物的探寻，仿佛在平淡生活里打开一扇奇妙的窗户，让人生出许多期待。

3 偶尔，可以追追电视剧

现在很多人都喜欢看电影，一两个小时就可以看完，节省时间精力，而电视剧太长，没有耐心也害怕上瘾。

而我觉得，偶尔追追电视连续剧，沉闷的生活能焕发生机。

就像小时候看电视剧，每晚播放两集，每天都意犹未尽，晚上一到时间点，全家就守在电视机旁，像是某个仪式感。

我现在追剧，即便是已经更完的剧，还是习惯每天看两集，再怎么想看也不继续，到第二天的固定时间再开始，每天继续前一天的精彩，生活真的快乐多了。

小结：

拥有期待，是一件特别幸福的事情。比如小时候期待糖果，期待新衣服，期待生日蛋糕；长大了期待假期，期待快递，期待某个重要的日子。

　　拥有期待的时候，生活是美妙的。我们可以学习给自己创造"期待"，自己为生活加点儿甜。

摆脱自我消耗，过酣畅淋漓的人生吧

一直以来，我的心态都算不上好，总是会在脑海里一遍一遍回顾受到伤害的情景，不开心的事情。不停处于自我消耗中，心情总是在低压区。

这种状态的结果就是，不断徘徊于无法改变的过去，又因为心态低沉也过不好现在。

如果不能摆脱消耗的状态，显然也不能迎来美好的未来。于是，我努力与过去和解，停止消耗，学会往前看，生活真的美好了起来。

1 不再纠结成长的不完美

我的成长是断续的，出生到十岁由妈妈带；十到十五岁，主要和爷爷奶奶一起生活；十六到十九岁，又与妈妈一起生活。

由于十一到十五岁，正处于青春期的我与妈妈分离，十六岁念高中在妈妈身边，两个人有着很大的冲突。三年后才磨合好，但是有些陪伴缺失了就是缺失了，那几年的时光没有彼此。

我妈曾说她的梦境里我永远只有七八岁的样子，而我从前每每想到自己十岁就不在母亲身边生活，不经意就泪落腮边。

如果没有后来的变故，我一定会幸福很多，只可惜命运无常。我大学的时候，妈妈因病去世，从此这个世界上最爱我的人离去了。

之后的这些年兜兜转转，内心里是没有底气的，总是讨好着别人。很长一段时间，我都纠结于自己成长中的不完美。

现在我正学着放下过去，努力提升自己，认真过好属于自己的人生。

2 不再纠结比不上别人

大概是从小被大人灌输的比较思想，总是有意无意地与别人比。

读书的时候比听话、比成绩；工作后比收入、比福利、比优秀；节假日亲朋见面，还比着装、比身材、比颜值。

越比较越觉得自己好失败啊，处处不如人。好像工资不高，却还比别人累；身材不行，颜值不行，陷入深深地焦虑。

现在我开始悦纳自己，摆正心态，无论怎样努力，一定会有人比我们做得更好，而我们能够做到自己能做到的最好就很不错了。

盲目比较不可取，比昨天的自己好一点儿就是进步。

3 不再纠结外界的评价

我们作为社会网络中的个体，首先，行为和思想要符合主流价值观。

但我们的误区在于，太在意外界的评价。正确的尺度是，既不能完全无视外界的评价，又不能太在意外界的评价。太在意外界的评价，我们做事情就容易畏首畏尾，甚至迷失了自己。

本来你可以很出色，但是因为惧怕别人的眼光，害怕与别人不同，所以只能选择与他们一样，就此成为平庸的一员。

小结：

我们总会因为各种各样的原因消耗自己，纠结于不必要的事情。

勇敢地做自己，坚信自己的选择是正确的，给自己底气追寻想要的生活。

你的时间很宝贵，不要浪费在自我消耗，学会往前看，把生活过成期待中的模样！

几个小技巧，让你独处时自我增值

从小我就属于偏安静的女孩子，对于太热闹的活动不是很喜欢。

工作以后，依然如此。虽然曾经我也很想变成热络的人，试图与同龄人建立亲密友谊，与大家热闹攀谈。但是这样下来的结果就是好累，拼命寻找话题交谈的感觉真的不美妙。

我打心眼里羡慕那些自来熟的人，在人群中总是处于焦点的人，不时能活跃气氛的人。

曾经我也很为自己这样的性格担忧，为不能很好地处理人际关系而苦恼，一个人待着的时候喜欢东想西想，白白浪费了很多时光。

后来，我学着在独处时给自己找事情做，提升自己。对于喜欢热闹的人来说，独处或许太孤单寂寞无聊，而对于性格安静的人，独处可以实现自我提升。

1 把独处的时光兑换成一篇篇文字

因为从小性格偏静，所以拥有大把大把的独处时光。

我阅读、写作，把时光兑换成一篇篇文字，两年前开始写简书和公众号，从此一发不可收。

现在，每天写一篇千字文章已经成了我的必修课，而且因为公开写作，更是觉得有一种责任感。

每天写作，治愈自己的内心，充实了我孤独的时光，获得了写作前没有得到的认可，找到了喜爱写作的同频人。

一路写着，遇到了越来越多的惊喜，只有先动起来，才会有越来越多的精彩。

我相信只要一直努力往前走，世界就会变得更宽广。

2　在独处时认真整理房间

说出来不怕大家笑话，其实我是个不太会整理的人。

我的沙发上、床上时常堆着衣服，桌子上经常摆放着正在看的书籍，房间里总是显得很凌乱。在这样的环境下，我时常会觉得很烦躁。

后来看了《断舍离》，我知道凌乱是因为堆放了太多无用的东西，屋子里多余的东西，会让能量阻塞，身处其中的人状态就会变差。

于是，我开始在独处的时候尝试整理，当屋子里的物品摆放整齐，丢出几大袋垃圾后，心情也被治愈了。

整理就是处理自己和物品之间的关系，去除垃圾与杂物，注入清洁和能量。

3　独处时发现不曾留意的美好

我们总是向往远方，却忽略了身边的美好。

刚刚工作的时候，参加旅行团去海南看海，蔚蓝的天空、汹涌澎湃的海水、陌生自由的空气……

我想去很多遥远的地方看风景，上海、北京、香港都曾在我的计划里，无奈微薄的收入支撑不了远行的梦想。再加上近两年的疫情，不宜出行。

于是我在独处的时候，开始寻找周围的美好，意外发现忽略的美丽。

用心去感受美好，发现隐藏在身边的美好事物是一件快乐的事，重新唤起内心生活的希望与真实的自我。

独处不要总是睡觉，收拾心情去发现新的风景。

4　独处时打造自己的核心竞争力

以前我一个人也会觉得孤单，但自从我想刻意训练自己的核心竞争力后，独处便成了自我增值的黄金时间。

这一年多来，我刻意训练写作技能，将自己对世界的理解写成文字。

过去无聊乏味、顾影自怜的时光，被我用来书写文字，充实岁月。

一年来，我感觉到自己能量增加，独处给了我大大的回馈。

小结：

学习这些小技能，让我们在独处时为自己赋能。

愿我们在独处里变得越来越优秀，不负时光。

你最应该好好对待的人是自己

我们从小被教育要体谅别人，关爱他人，这固然没有错。大部分人的错误在于，体谅他人的同时，自己咽下了委屈。

你陪伴自己最久，你最明白自己的心意，你最应该好好对待的人是你自己。

分享爱自己的五个小方法，好好宠爱自己哟！

1　关心自己的身体状况

许多人都是年轻的时候各种放纵自己，到了一定的年龄又开始各种保养。如果谁在年轻的时候就注重保养，还会被一些人嗤之以鼻，认为是不够进取。

我最喜欢一个比喻，将人的身体比作一辆车，应该从新车开始保养，才能使用长久。

我们只有一个身体，所有的器官都伴随一生，要好好照顾自己。

关心健康状况，是爱自己的方式。保持作息规律，吃饭细嚼慢咽，适度运动，不劳累，注意休息和放松。

人生下半场，拼的是健康，一个好身体是我们一生最大的财富。

2　保持情绪的平和

情绪很神奇，可以让我们感受世界的美好，也可能让我们眼神黯淡。

若长时间处于不良情绪，还可能影响身体健康。研究表明，许多疾病与情绪密切相关。让人闻之色变的癌症，也和情绪有着千丝万缕的关系。

爱自己，就要能调节自己的情绪，不能让自己长时间沉寂在不良情绪的泥淖中。

当遇到不开心的事，及时化解情绪，可以是找亲朋好友倾诉，运动一场，记录自己的心情，大哭一场，及时将不良情绪清空。

爱自己，就要让自己更多处于平和的情绪状态。

3　在乎自己的真实感受

在各种人际关系中，我们可能被忽略、被无视、被欺骗、被伤害。

不管什么样的人生处境，也不管别人如何对待自己，你都应该面对自己真实的感受。

你的感受很重要，千万不要忽略。感到受伤、痛苦、被遗忘、被边缘化的时候，内心充满焦灼和不开心，这样的真实感受应该被接纳。

在乎自己的感受，认真倾听自己，好好地宠爱自己。不要因为别人的一句话就自我鞭策，不要在一个不友好的眼神里为难自己、委屈自己。

你三观正确，努力向上，凭什么活在别人眼中，好好爱自己，活出自我。

4　拒绝消耗型的关系

爱自己，就是让自己舒心快乐，拒绝消耗型的关系。

我一直相信人与人之间是有磁场的，跟磁场相近的人在一起会快乐很多。而面对一些人，真的是话不投机半句多，还可能被无端指责，那就有多远离多远吧。

我们人生最重要的任务就是完善自己、充实自己。

我们的时间、金钱、精力都是非常宝贵的，应该把它们用来发展自己，以及投注在那些可以滋养你的人、事、物上。

不要浪费在那些会消耗你的事物上，你会发现生活要快乐许多。

5　满心欢喜地接纳自己

不必苛求自己，你在世界上独一无二，你善良勇敢，要发自内心的爱自己。

每个人都有优缺点，不必紧盯着自己的不足，甚至拿自己的缺点与别人的优点相比。

不接纳自己是抑郁症的温床，多看一看自己的优点，多夸夸自己，有一颗"我足够好"的心就是爱自己。

爱自己就是能接纳不完美的自己，承认那是真实自我的一部分，并带着这个不完美的自己大步往前走。

小结：

学会好好爱自己，是一生的必修课。

只有发自内心的爱自己，你才会更热爱这个世界哟！

从某种意义上来说，你与世界的关系就是你与自己关系的投射啊。

人到中年，要拥有让自己幸福的能力

每个少女都是含苞待放的花朵，灵动姣美。而步入中年后，有的人依然如花娇艳，有的人却像是枯萎的花朵一般。

因为太多的人，把自己幸福的权利交到别人手上，她们的幸福由男人、孩子，甚至陌生人来决定。但自己尚且在不停变化，更何况他人。

幸福如果交由他人来定义，无异于一场豪赌。只有让自己拥有幸福的能力，才能将命运稳稳握在手心里。

今天谈谈怎样让自己拥有幸福能力。

1 高效陪伴自己

人与外界的关系本质上都是与自身关系的投射，换句话说，如果没有处理好与自身的关系，那么与外界的关系也会糟糕。

一个人，如果不能在独处时让自己幸福，那么通过与他人相处获取幸福的概率也是极低的。

一个人的时候，你是迷茫无助，悲观失望，还是能找到一些有意义的事情陪伴自己呢？

从今天起，试着高效陪伴自己，为自己创造快乐源泉。

例如：喝一杯酸甜可口的果汁；

去菜市场逛一逛；

洗一个舒服的热水澡，再换上一身合适的服装；

看一本自己喜欢的书籍;

和老友打一个电话……

这些让我们欢喜的事情,能将我们从不快乐的漩涡里拉出来,满血复活。

这种能力会让你不管和谁在一起、处在什么样的境遇,都可以变得幸福。因为你不需要向任何人索要幸福,你自己就能给自己一大把快乐,所以对方不能给你幸福也没关系,因为你能给自己。

2　学会从坏情绪中抽离

很多时候,我们觉得不快乐,往往是由外界引起的。

我们在把不幸的责任都推到别人身上的同时,也是在把变得幸福的权利交到了别人手里,这样自己就会置于被动的境地。

有时候,我们遇到糟糕的事情,要及时从坏情绪中抽离,不要停留在回忆里不肯出来。学着对自己说,"离开坏情绪,我要好好享受当下"。

去感受生命中美好的一切,或许一切都会好起来。

不需要什么翻天覆地的变化,此时此刻,我们就可以幸福起来。

3　培养广泛的兴趣

很多时候感觉不幸福,或许是因为生活太单调了。

就像很多全职妈妈,唯一的支点就是孩子,一旦孩子不听话,整个人就崩溃了。又或者像恋爱脑的女孩,男朋友就是唯一的支点,一旦分手就要死要活的。

幸福的来源太单一,是一件危险的事情,因为一旦这个来源中断,它的危害就可能被无限放大。所以,在生活中要创造更多的幸福来源,这样，哪怕某一个来源枯竭，你的幸福也不会轻易坍塌。

比如我国当年的下岗潮，有的人将铁饭碗看作幸福的唯一来源，下岗后就抑郁而终。而一些兴趣广泛的人，马上就开始新的生活。

除了工作，你还能有兴趣爱好啊，比如写作、画画、游泳、品茶，幸福的来源多了，我们的幸福就会具有更强的稳定性。

人到中年，我们要学会去体验各种各样的快乐，提升对幸福的感知能力：看云卷云舒、落日余晖；刚发芽的嫩叶、绽放的娇艳花朵；一场热闹的晚会、一个搞笑的视频……

当我们拥有让自己幸福的能力，你会无数次感慨人生值得。人到中年不黯淡，要品味出生活的别样情调！

第三章 育儿的点点滴滴，让人生更加完整

牵一只蜗牛去散步

1

这篇小文我很久前就读过，然而当了妈妈后再来读还是有了些不一样的感触。本来想概述文章，但是细读后，觉得整篇小文字字精华，决定全文摘下：

牵一只蜗牛去散步

上帝给我一个任务，叫我牵一只蜗牛去散步。我不能走太快，蜗牛已经尽力爬，为何每次总是那么一点点？

我催它、唬它、责备它，蜗牛用抱歉的眼光看着我，仿佛说："人家已经尽力了嘛！"

我拉它、我扯它，甚至想踢它，蜗牛受了伤，它流着汗、喘着气，往前爬……

真奇怪，为什么上帝叫我牵一只蜗牛去散步？……上帝不管了，我还管什么？让蜗牛往前爬，我在后面生闷气。

咦？我闻到花香，原来这边还有个花园，我感到微风，原来夜里的微风这么温柔。

慢着！我听到了鸟叫，我听到了虫鸣。我看到满天的星斗多亮丽！

咦？我以前怎么没有这般细腻的体会？

我忽然想起来了，莫非我错了？是上帝叫一只蜗牛牵我去散步。

2

是啊，小小的孩子不就是蜗牛吗？

有的时候，我总是觉得孩子做事情慢、走路慢、说话慢、做事慢，甚至有的时候理解慢。

于是，我不耐烦地催促孩子，甚至有的时候责骂和打小手。

我承认我的情绪是有毒的，大部分时候我比较平和，但是遇到孩子反复说也不听，非常调皮的时候，我的情绪就会上来。

虽然这种时候不多，但毕竟发生过，所以，我今后要努力提升自己的情绪调控能力。

3

育儿就是育己。

小小的孩子，眼睛亮晶晶的看着我，学着我说话的语调，学着我做事，在我看书的时候会拿着他的绘本坐在我旁边看。

我忽然觉得自己的责任是那样重大，我在培养一个小小的人。我该怎么做才能让他更快乐，我要怎么做他才能更好地成长呢？

正是因为孩子的存在，我也发觉自己在以往生活中存在的不足，要做得更好。

比如，我以前三餐是不规律的，但是有了孩子吃饭规律了，还会考虑营养健康。

4

现在带孩子出门，可以感受到更多的善意和美好。

以往出门，尤其是在公众场合，大家都有社交距离，互相不理睬。有了孩子后，如果是两个宝妈带孩子，都习惯相互攀谈一阵。

从孩子的眼光看世界，看到世界更美好。好玩的游戏，有趣的玩具，甚至是一只小虫子在孩子眼里也是特殊的存在。

有的时候感叹世事无常，人情淡漠，但是看到孩子纯真的笑脸，听着安慰你的幼稚话语，心里就暖暖的，觉得一切都值得。

孩子很真，没有那么多弯弯绕绕，没有心机。孩子对所有的一切都是真的热爱，真的喜欢。

有的时候，或许我们也应该向孩子学习，从他们的眼光看世界，更能活出生命的精彩。

吾家有儿初长成

1

宝宝马上就要上小班了，觉得怪放心不下的。

那么小小的人，就要去学校独自面对许多东西了，心里还是很不舍。

记得我们小的时候，到六岁才去上学前班，在学校还总是很想父母。这么个小小的人儿，不知要怎么思念我。

虽然从报名开始就在做心理准备，但是真的临近入学，还是别有一种滋味在心头，三岁八个月的宝宝，就要步入他的学校生涯，小小的他要去独自面对集体生活。

现在我还总是会打开相册，看他更幼小的时候，从出生到一点点长大，每一张照片里的宝宝在我眼里都是最可爱的。

记忆里他还是那个襁褓中的婴儿，粉嫩乖巧。转眼间他就开始满院子跑，会找小伙伴玩，好动又调皮。

从离开我一会儿就找，看见我就张开双手要妈妈抱，到现在出去疯玩后回来和我分享他的快乐。

2

似乎只是一转眼的工夫，他就要上幼儿园了。

前几天体检，身高九十九厘米，体重二十九市斤；对比出生时的五十厘米，体重六点六市斤，身高长了近一倍，体重长了五倍左右。

已经长成能跑能跳的小男孩了，我时常喊他"胖嘟"，他高兴的时候就欢快地应答，不开心的时候会生气地说"我不是胖嘟，我是源源"。

运动技能明显变好了，学习骑各种儿童车，跑起来飞快，我已经追不上他。

在屋里待不住了，总是挂念着院子里的小伙伴，每天跑出去玩好半天。兴趣来的时候要让我陪他一起看书，讲故事给他听。

3

最近吃饭不太听话，总是在吃饭前吃东西，比如吃包子、水果，然后大人吃饭的时候他已经饱了。还会让请来带他的奶奶喂饭，自己不肯动手。爱哭闹，比如没有满足他的某个愿望，就开始大哭，还会躺在地上。

有时候觉得挺没辙的，一直想着做个耐心的妈妈，但面对实际场景往往控制不住，比如会吼他、打小手，过后又会自责，觉得自己做得不够好，不知会不会给孩子不好的影响。

樊登老师说，我们不应该用情绪去管理孩子，要学会用传递价值观的方式去管理孩子。但是在具体场景中，我往往太情绪化。

育儿就是育己，修炼自己，前路漫漫。

4

宝宝听说要上学了倒是蛮开心的，完全没有我的这种焦虑，也有可能是我自己太担心了吧，也许孩子的适应力比我想象的要好。

不管怎么样，成长都应该是一件值得庆贺的事情。

他虽然经我来到这个世界，却是完全不同于我的生命，有他自己的课题要去完成。

他的到来丰富了我的生命，让我对世界有了更深的思考，也让我体会到更深层的幸福。

最后想用这段话来结束今天的文章：

生孩子的意义是为了参与一个生命的成长。孩子不用替我争门面，不用为我传宗接代，更不用帮我养老。我只要这个生命存在，在这个美丽的世界走一遭，让我有机会和她（他）同行一段，此生足矣！

我给宝宝吃街边的烧烤

1

今天是小镇的街子天，我带着孩子去逛了逛。

宝宝看见街边烧烤小摊照旧要吃，为满足孩子的小心愿，我都会买给他，毕竟有些快乐不能单纯用健康来衡量。

我们小时候，吃街边卖的酸萝卜片，那时塑料袋还少，是用裁剪好的一小片报纸包起来。如今想来肯定不卫生，但是丝毫不影响我们当年的开心和现在的回味。

通常孩子的小要求，我都会满足。有次看到一篇文章，作者小时候她的妈妈不让喝可乐，她看见小朋友喝也馋，就偷偷喝，在街边被妈妈逮到，当场摔了她的饮料瓶。

她说，如今再也不会喝可乐，那是她的童年阴影。

2

我是随性的妈妈，相比于那一点儿不健康，我宁愿孩子开心快乐。

我们小的时候也这样啊，喜欢糖果、辣条、烧烤、饮料、薯片……好像多油高盐、归于垃圾食品的食物，就是很好吃啊，大人越禁止就越想吃。

我记得表弟小时候，舅舅舅妈不让他吃辣条，他就将辣条买来放在楼下窗口，每天放学回家先在楼下吃辣条。

多年后提起，他说那是他一天中的快乐时光。

现在，对于吃零食，我觉得可以适度地吃一点儿解解馋，不过量就好。在合理的范围内，满足孩子的小心愿吧。

3

以前我也限制孩子吃糖，担心影响牙齿和吃主食。

但是，看着孩子见到糖的欢喜，想起自己幼时同样对五颜六色的糖果喜欢着迷，那亮晶晶的糖纸、甜丝丝的口感真是童年美好回忆。

现在，我允许孩子吃糖了，甚至有时会主动给他买糖果。比如，圣诞节购的巧克力糖，娘儿俩都把嘴吃得黑黑的，还开心拍照。

前一次，给孩子买了一个大大的棉花糖，和孩子一人吃一口，别说，还真是快乐温馨的时刻。

我记得小时候第一次吃棉花糖，是妈妈带我去的，去之前，还神秘地和我说，带我去吃一种我从来没有吃过的糖。

至今，我依然记得当时的兴奋开心。想来，孩子将来也会记得吃糖的开心时光。

4

有一次亲戚聚餐，某个亲戚家的孩子和小儿差不多大。

到吃饭的时候，我家宝宝是从小什么都吃，我几乎不管。这位亲戚在整个饭桌上不停地吼孩子，这不能吃那不能吃。相比于她考虑的健康，孩子可能更想要温馨的就餐时间。

我还在曾经去农村赴宴的时候，看到一个母亲拿着木条在打孩子，嘴里还问着，"吃不吃？"

原来是她的孩子不想吃饭，她的行为真的让人费解，大人尚且有不想吃饭的时候，更何况是孩子。

孩子不想吃，靠打的方法，即便他勉强吃了，那么吃饭对于他来说，是不是相当于一场酷刑，想想就可怕？

5

也许，我们每个人的成长，都会有不完美。

如今我们作为父母，应该给孩子多留下些美好的回忆，多让他们感受纯粹的快乐，凡事适度即可。

别让孩子小小的年纪，就连糖果都渴望而不得，就连吃饭也变成苦差事。

与孩子一起成长，好好保护这个上天赐给我们的宝贝。

育儿中最重要的事

1

长久以来，我对陪伴孩子不够上心。

宝宝就在我旁边，而我却没有全身心地陪伴他，几分钟的时间都没有，要么看书，要么玩手机。

上周给他定了美术课程，已经上了两节，每节三十分钟左右，陪着他一起制作，是这久以来最认真的陪伴了。

希望自己能够多对宝宝上心，每天认真地陪伴宝宝一段时间，毕竟孩子的童年那么短。

兴许就是用心陪伴少的缘故，最近出门工作，宝宝总是哭闹着说不让妈妈走。哭成一个小泪人，可怜兮兮的，看着心疼。

望自己今后能更用心地对待宝宝，多些真正的陪伴。

2

不止宝宝，每个人都需要高质量的陪伴。如果朋友家人和你在一起的时候总是玩手机、打电话，你是会感觉到被忽略的，心里多少会有些不舒服。

记得以前一个小姐妹，她会约我一起逛街，但是在一起的时候，她的注意力都在手机上，一直忙着看信息、看朋友圈、发语音、打电话。

跟她说话的时候，感觉她都听不到，过了半天才问你"啊，你刚才说什么？"感觉自己特别不受重视，聊下去也觉得很累，慢慢我们就没有再约了。

我们自己尚且这样，更不用说一个孩子了。

当我们老是在玩手机的时候，孩子不能感觉到自己被在乎，久而久之孩子是会形成讨好型人格的。

感觉不到自己重要的孩子，很可能因此而不爱自己。

3

在充斥着电子产品的现在，我们要学会合理利用优点、克服缺点，让手机服务于我们，而不是被手机牵着走。

手机的过度使用，其实反映的是我们自身生活方式的问题：精神空虚、没有追求，沉溺于低层次的快感。

为人父母，我们是孩子的一面镜子，应该成为孩子的榜样。

我曾见过一个家长，自己在打牌，一边叫孩子快去做作业，一边数落孩子不爱学习。

孩子是复印件，复印件出了问题，根源肯定是在原件。而作为原件的父母，却盯着作为复印件的孩子的错误，丝毫不会反思自己。

小小的孩子就像一张白纸，究竟成为一幅怎样的画卷，全看我们怎样去描摹。想让孩子健康成长，不是盯住他，而是做好他的榜样。

在育儿中最重要的就是做好自己，然后给他高质量的陪伴。

合格的父母，一定要懂心理抚养

这些天在看李玫瑾老师的著作《心理抚养》，对于孩子的教育做了很多思考，作为一个四岁孩子的妈妈有很多话想说。

孩子的幼年经历，在一生的成长中起着至关重要的作用。

孩子从出生开始就是我在带，工作后请了保姆帮衬，但孩子的衣食住行玩，都是我陪的较多。

因此，孩子对我是充满安全感的依恋，虽然很多时候会觉得很累，但想想一切都是值得的。

1

一些朋友，将幼小的孩子放给老人带，自己在工作地，见面的时候，孩子都不愿和自己一起睡。

这样的孩子，内心里依恋的对象是抚育他的人，和母亲缺少亲密感，将来在成长上要遇到的挫折可能会更多。

一个亲戚家的孩子，他出生后都是由老人抚养的，与父母没有多少感情联系，并且老人总是在孩子面前说他父母的不是。孩子亲近爷爷奶奶，内心非常排斥父母。

现在已经三十多岁了，与父母的关系非常糟糕。

2

亲子关系也是需要花时间去维系的，而且一定要长期不间断。

我从小被母亲带在身边，有过很好的早年养育。但是在我十岁那年，母亲工作调动，父母做出让母亲独自去工作地，我由爷爷奶奶带的决定。

于是我的青春期里没有母亲的参与，而本身我与爷爷奶奶又不亲密。我的整个青春期，都是在孤独中走过的，所以，其实我的成长是有所欠缺的。

到我十五岁念高中，又回到母亲身边，两个人非常陌生，当时真的有非常多的摩擦。

后来磨合得差不多了，我也上了大学，如果就这样也还不错，可是命运无常，我大二那年，母亲就因病去世了。

从此，世界上最爱我的人离去了，而我的心里也有了一块空缺。

3

所以，我的成长中，与母亲相处只有十岁前和十五到十八岁，一共十三年的时光。

而我记忆最为深刻的还是十岁前，我常常想，如果我一直生活在母亲身边，我和母亲的命运会不会因此而不同。

成长对于母亲和孩子都很重要，那一次不明智的分离，导致我的青春期没有母亲的参与，母亲也失去了与孩子共同成长的机会。

记得我高中时，母亲经常说，她的梦里都是我小时候的模样。因为不曾参与女儿的青春期，所以在母亲的记忆里我一直是十岁以前的模样。

这是我最大的遗憾，也只能是永远的遗憾了。

4

所以，不管怎样苦累，我一直将孩子带在自己身边。

成长断续对一个人的影响是巨大的，最好的成长就是十八岁前有稳定的抚养人，这样的孩子最幸福。

无论怎样，我都不会将孩子托给别人带，我绝对不会让孩子经受我的苦楚。

孩子是谁带跟谁亲，谁陪跟谁熟，工作很重要，良好的亲子关系更重要。请自行考虑其间的轻与重，做出取舍。

宝贝幼儿园记，成长是一件值得庆祝的事情

1

宝宝上幼儿园啦，从报名成功后就经常告诉宝宝他要去上学了，宝宝听着并询问他的新生活，对于我们所说的玩具、滑梯、游戏、小朋友，他眼神明亮，小小的脸庞也满是期待。

宝贝学校生涯的第一天，妈妈希望一切都是崭新的，给宝贝换上了准备好的新运动装、运动鞋，告诉他从今天开始就是学生了。

爸爸妈妈开车送宝贝去上学，到了门口，给宝宝拍了照，记录他上学的第一个早晨，晴朗美好。

这一天所开启的全新生活，会伴随他以后很多年的时光。

2

把宝宝带到教室交到老师手上后，我们就按照规定离开了，走的时候宝贝很开心的和我们挥手说再见。

但是回来后老母亲心里总是七上八下的，终于在微信与老师联系，问问在学校的情况。

老师发来了玩滑梯的视频，上课视频，一张睡午觉的照片，一张吃早餐的照片，都挺乖的，很听话，很开心。

一直很担心宝宝，害怕他适应不良，但他适应得很好，在新环境里很积极，喜欢周围的事物、享受认识新朋友的快乐。

倒是我，充满了分离焦虑，也许真的不是孩子离不开我们，而是我们离不开孩子。

3

学校安排下午两点半等候，三点接孩子。

我们两点多就迫不及待地到了学校门口，是到得最早的几个家长之一。

迎接第一次放学的宝宝，在门口翘首企盼，希望快快见到他。

终于孩子们按班级出来了，排着整齐的队伍。宝宝在小二班，看见他在队伍里开开心心的，和班里的其他小朋友一样手里拿着棒棒糖。

等老师点到宝贝名字后，他立马笑嘻嘻地向校门外的我跑来，和妈妈贴脸颊，亲亲，我的心也在那一刻踏实起来。

从起床、入园到迎接他放学，我们带着喜悦的心情和宝宝认真对待这重要的一天，让他知道成长是一件值得庆祝的事情。

4

为了让宝宝体会成长的仪式感，我和宝贝爸爸在接到宝宝后，决定带着宝宝到照相馆里拍照留念。

我们用了最传统的拍照法，宝宝一张独照，一家三口的全家福照。用图片定格美好，留下上学第一天的记忆。这对于宝宝来说是成长的重要一步，其实对于我们小家庭来说也是进入一个崭新的阶段。

有人说，人一生可以经历两次童年，第一次是自己的童年，第二次是和孩子一起经历的童年。

陪伴孩子成长，我常常回想起自己小时候的情景。我们读书的时候没有幼儿园，只在上小学前上一年学前班。

上学前妈妈带我读书，图书里说幼儿园里有滑梯，有许多玩具，心里对上学充满了期待。谁知当时的学前班，只是一个老旧的教室，没有窗户，里面的桌椅都是很旧的。记得当时心里面小小的失落，不过很快被由老师带领玩的游戏和与同伴的开心玩耍一扫而光。

而今天的宝宝，注册那天到学校就玩得不亦乐乎，回来一直挂念滑梯、小车子、跷跷板。时代在进步，现在的孩子可以尽情地在设施完备的幼儿园里开心玩耍，尽情享受童年。

愿步入新阶段的宝宝，开心快乐，学会与朋友相处，养成良好习惯，适应集体生活。

宝贝，我们会与你一同成长，见证你的每一个重要时刻，珍惜你在身边的每一天。

记录我们的亲子时光之草莓记忆

1

听说旁边果园里草莓已经成熟，可以亲自下地体验采摘。

这天得空，阳光明媚，就带上宝宝驱车前往。路程很近，几分钟就到了。这里种植着大片草莓，农户在园边等待着顾客。

我们选择了临近路边的一家，路近，地里的红果多，我们提着采摘用的小筐进入果园。

宝宝第一次来摘草莓，在我们的带领下，欣喜又小心翼翼地采摘下草莓。没摘几个，在美食诱惑下宝宝已经自顾自开始品尝。

因为我们去的时段采摘的人不多，老板热心地到地里介绍草莓，一边推荐哪块成熟的草莓多，一边介绍新口味草莓，有香蕉味、牛奶味、水蜜桃味的，边介绍边采了成熟的果实让我们品尝。

现代科技的进步，使熟识的水果也平添了许多新口味。品尝下来，我更喜欢水蜜桃味的，就是现在果实已经不多，只能改时间再前去购买。

2

小宝第一次去采摘草莓很兴奋，还抢着提小篮子，不让我提。

幸福就藏在与孩子互动的小细节里。有空闲的时候，带孩子摘摘水果，创造一点儿独属于我们的亲子时光。

让孩子体会生活的丰富多彩，可能不需要去到很远的地方，一次周边的游玩也可以让孩子开心一整天。

回到家里，开始清洗、吃草莓，还剩下的大半，就拿来制作草莓酱。将草莓清洗干净，去掉绿色的蒂，切成小块，放砂糖搅拌均匀备用。放了砂糖的草莓，吃起来是另外一种口感，蛮好吃的。草莓的果香伴着糖的甜味，吃在嘴里有一股酸甜平衡的奇妙感。小宝一直守在边上吃了好些糖拌草莓。

腌制十几分钟后，让锅煮沸，转中小火熬成黏稠状，边熬边用筷子搅拌，防止草莓粘锅。

熬煮的草莓散发出果香，整个小厨房香气四溢，宝宝不停地问"好了吗？让我尝一点儿"，一副急急想品尝的小馋猫样。直到吃到第一勺甜甜的果酱才心满意足地去玩玩具。

幸福，可能就是熬煮的一锅果酱，一口甜蜜蜜的滋味。

3

做好妈妈很难，却也很简单。

可能不用花太多的时间，不用花费太多的金钱，认真地花点儿时间陪伴孩子，就可以让孩子感觉到自己是被在乎的。

被认真对待的、被爱滋养的孩子，他就有充分的安全感，内心是富足的。

时间花在哪里、收获就在哪里，肯为孩子花的每一分时间，都将成为美好的亲子记忆。

宝宝，愿你拥有快乐的童年时光，愿你有更多幸福的记忆。我因为你而倍感幸福，也希望你将来不会遗憾成为我的孩子。

　　妈妈满心满眼都是你，愿你拥有世界上所有的美好，不受一丝一毫的伤害。

六一节，来自宝妈的碎碎念

2018 年 1 月，宝宝降生，从此我有了一个新的身份——母亲。我重新过上了六一儿童节，重新成了游乐场的常客。

在这个属于孩子的节日，我写下这篇碎碎念，记录宝宝的成长。

回想他成长的一幕幕，那些温馨美好的画面。我清晰地记得他出生时医生抱过来让我看，那个小小的可爱的身躯。

从呱呱坠地到牙牙学语、蹒跚学步，如今宝宝已是一个体能棒棒的小子，飞跑起来我已经追不上了。

他的小脑瓜儿子里充满对世界的好奇，总是会问我很多奇怪的问题。

1

他依恋我，也开始尝试独立，会因为一个人去买了一个泡泡糖而兴奋很久。

刚刚上幼儿园的时候，每每在学校大门上演生离死别，他紧紧地抱着妈妈哭闹着不愿意进入。

现在的宝宝在鼓励下学会坚强，每次到门口和妈妈告别，都像是下了很大决心似的快速走进学校，看着小小而坚强的背影，欣慰于他又长大了一点儿。他也开始慢慢适应和喜欢学校生活，老师发出来的照片，每一张都是开开心心的。

他想要妈妈的陪伴，比如在外面，妈妈在远处看着他，他会玩一会儿又跑到妈妈身边一会儿；他也享受于探索，那些我不曾参与的，他都会兴奋地描述给我听，他的学校生活、他与小伙伴的游戏。

最近的他对奥特曼感兴趣，充满了英雄情结。买了好多奥特曼玩具、卡片，格外喜欢印有奥特曼图片的衣服和袜子。尤其是卡片，已经有很多很多，但是每次去超市，他还是心心念念买卡片。

大多数时候他听话可爱懂事，也有一些时候调皮任性，不听从指挥，有几次还被打小手。

但是，我依然庆幸他是我的孩子，我们能拥有母子的缘分。

每晚他进入梦乡，我听着他均匀的呼吸声，摸摸他的头，心里都会生出一股暖流。

2

就在前几天的一个下午，我在做家务，他想要到院子里去玩，最后我同意他自己去一会儿。是单位的大院子，都是同一个单位的同事和家属，也没有危险的地方。

去了不多久，天色已经有点儿暗了，宝还没有回家，于是我决定下楼去喊他。

玩耍的小朋友在陆续归家，我呼唤他，没有应答。我去往远一点儿的地方找，也没有他的身影。

我立刻赶往更远一点儿的松树林，那里有几个大人正准备带孩子回家，也说没有看见宝。跑到平日他会常去的几个小朋友家里问，也没有去过。

内心是如此焦灼，我颓然地坐在宿舍楼前的路牙石上，脑子里飞速想着还有什么可能的地方，以及一些可能出现的危险。

还好这时，我看到夜幕里一个小身影骑着平衡车跑来，是的，是宝贝，他飞快来到我身边。

那一刻，我悬着的心才落下来，我紧紧地抱住他，仿佛抱住了全世界，一直问着"你跑到哪里去了？"声音都有些哽咽了。

也许这就是母爱，孩子在我心中的重要，远远超出我所以为的程度。

记得那个时候我害怕极了，如果找不到他，如果受到意外的伤害……

3

孩子成长的速度，快到让我有点儿惊讶，印象里他牙牙学语还是昨天的事。

有时候我的心态蛮矛盾的，既希望他快点儿长大，又希望他多点儿童真童趣的岁月；期待他快点儿长成有志向的少年，又希望多几年可以把他搂在怀里的时光。

带宝宝的日子里，我也总是想起小时候自己和妈妈。想起那些童年的时光，也学着妈妈一样爱他、呵护他。想起自己小时候依恋妈妈的时光，不管再苦再累我都把孩子带在身边，不让他成为留守儿童。

李玫瑾老师说，孩子的幼年是重要的，尤其是出生的头三年，抚养人会成为他一生情感的源头。

就像我成长断续，现在回忆起来，觉得最温馨最有安全感的时刻，还是十岁前与妈妈在一起的日子。

4

有了孩子后，感觉自己身上多了沉甸甸的责任，想给他最好的一切。甚至变得有点儿过度担忧和敏感，怕自己生病，怕意外，除了我谁还能如此爱他？

现在看不得那些幼年丧母、母亲失去幼儿的新闻，每每听到都会心痛流泪。母亲是幼儿的天空，幼儿又何尝不是妈妈的生命。

我们因为他们的存在而收获幸福，他们也因为我们的存在而觉得心安。

他的存在让我的生命更加完整，从此我多了一个牵挂的人。

小结：

在六一节想絮絮叨叨写写关于孩子的一切。有了宝宝后整个人柔和了很多，因为世界的模样就是我呈现给孩子的模样。

年轻的时候羡慕说走就走的洒脱，现在反而更理解尘世间的牵挂，比如亲人，比如孩子。

孩子是牵挂，是希望，是母亲的软肋，也是母亲的盔甲，孩子存在的意义无法替代。

祝宝六一快乐，天天快乐！

以身作则，让四岁宝宝接触写作

进入三十岁后，时间仿佛加速了，眨眼间几年就过去了。

我总是遗憾自己，浪费了那么多时间，要是早点儿开始写作该多好。

可是即便时光倒流，回到过去，因为各种信息的限制，我想大概率也不会开始写的。

最近一段时间，在我为自己写作时间紧迫而发愁的同时，也开始觉察到四岁的宝宝还拥有大量的宝贵的时间财富。

1

四岁的宝宝，从写作时间来看，真的是太富足了。

我的父母都没有阅读、写作的习惯，但是却在我很小的时候就给我买各种图书，让我爱上了阅读写作，现在阅读写作成了我想要终生坚持的事。

现在，我自己本身阅读写作，家里除了我的书，孩子也拥有一个小小的书柜。我觉得无论从哪个角度，孩子都比我的起点要好很多。

当年信息不够发达，父母也没有意识，甚至在我五六年级后，非常反对我看课外书。只是那时我已经养成了习惯，并且很热爱，一度都是偷偷摸摸在阅读。

放在今天，我希望孩子爱读书、多读书，一辈子读下去。

2

小孩子有无穷的潜力，关键是大人的引导，大人的眼界就是孩子发展的天花板。

只要有意识地培养孩子认真写作，不用太早，在孩子高中毕业前出版一本书，我也就心满意足了。

3

当然，四岁确实有点儿早，几乎还不认识汉字，但是可以有意识地培养他口头作文的能力。

比起作文，现在更多的是对话式启发、描述一件事、说说自己的心情。

比如他上幼儿园回到家，我会问一问他今天在学校做了什么游戏，学到了什么儿歌；看到一些景物的时候，会试着带孩子一起进行描述；在他看动画片听到不理解的成语时，就解释给他听，并且举一反三。

最近学到的成语：坐以待毙、不过如此、五颜六色……

我想，这些都是为语言表达打基础，为写作做准备。

4

当然，这只是一个写作狂热的母亲，对幼年孩子的殷切期待。

但是，我相信，在写作成为成功人士标配的年代，一个普通的孩子，早早被引导语言的积累和学习，总是一件好事。

无论他今后从事什么，喜爱什么，能用文字准确地记录表达，都将为本职工作加分。从小就培养写作、深入思考的习惯，将成为他一生的财富。

喜爱阅读、写作的孩子，在文化的浸润下长大，人生大方向就不会出错。

小结：

父母之爱子女，则为之计深远。

我只是普通人，或许我不能为他提供太优越的物质生活条件，也没有足够的经济做他定居大城市、留学的后盾。

我只能在自己能力范围内，引导他爱学习、爱思考、学写作，让他的人生更丰富宽广一些。

父母的认知是孩子的天花板，我希望自己努力提升认知，为孩子的成长提供足够的养分。

我决定了！我要认真写作，争取尽快出电子书、整理纸质书；影响四岁宝宝爱看书、会表达，往写作之路靠近一点儿，再靠近一点儿。

以上文字，来自一个深爱孩子的母亲。

读《傅雷家书》有感——育儿方法有诀窍

1

当了妈妈后对育儿的话题多了几分关注，昨天听了《傅雷家书》很有一些感触。

傅雷先生坚持多年和儿子通信，交流探讨对生活的一些感悟和观点，以此促进亲子沟通。几年前还看过《曾国藩家书》，他们都有和子女保持通信的习惯。

有一些家族名人辈出，为社会做出突出贡献，其良好的家庭教育一定功不可没。

我们做家长的，能适时学习一些名家的育儿观点，然后运用在孩子的教育中，潜移默化总会有所收获。

2

傅雷先生是一个著名的翻译家，膝下有两个儿子，都非常出色。

傅雷先生坚持给儿子写了很多年的信，后被整理成书，从里面可以看到傅雷关于亲子教育的理念。

很多理念在今天依然具有教育意义，傅雷先生十二年写了三百多封信，提到这些精华部分。

第一，因材施教。

注意到大儿子喜欢弹钢琴，就专门请老师到家里教孩子；二儿子走的是传统的学习路子，当了一名英语老师。

可以多给孩子试几个，找到他的兴趣所在。比如现在的兴趣班，绘画、音乐、书法、写作、跆拳道、游泳……

尊重孩子的兴趣爱好，不要强加或者阻止孩子的热爱。

有爱好的人才会更热爱生活，也更有来自内心的激情。

第二，全面的教育。

傅雷比较重视全面的教育，在知识的学习上不要太偏科。要注重思维的培养，逻辑性的培养和阅读能力培养。

一个人读很多书，他就会有很多自己的见解，就能更客观地分析问题。

许多人习惯人云亦云，丝毫没有自己的主见，就像是复读机一样的。而读书多的人往往有自己的思考，能看到事情背后的东西，不会轻易被他人所影响。

全面教育的第二点就是人格的培养，现在很多家长都是更注重成绩，但童年时代的教育重点应该是道德，做人的道理。

育儿要求首先要把人做好，《傅雷家书》中类似的叮嘱就很多，比如礼仪要怎么样。

第三，人际关系。

讲述比较多的是伴侣的选择，应该注重善良、大气的原则。

认清对方是不是真实可靠的，他对身边的人怎么样，比如对服务员的态度。

是否孝顺，是否懂得感恩，对待老人是否能做到和颜悦色。

第四，自省。

要懂得不断地去反省，主动去学习，每周带孩子去上课。

父母要努力成为孩子的榜样，让孩子可以体验到高光时刻，让孩子记忆深刻。

像海绵一样去吸取知识，历史知识、人文知识。孩子学什么，大人要不断地去学习，你们才会有东西交流。

3

这些理念让我有了很多思考，比如自省里提到父母应该努力成为孩子的榜样，要不断地学习。

我们身边有很多父母是自己在玩手机、打牌、看电视，却命令孩子快去学习，其实可以想见效果是什么样的。

我的成长里，父母从未给我写过一封信，更不用说像傅雷先生这样一写多年，与孩子交流各方面的心得体验了。但是他们会给我说一些道理，也对我的成长影响深远。

但是相对于傅雷先生，我们更多人的家庭教育是零散的、随意的，没有系统化理论化。有时候表面上看大家都差不多，其实真的在家庭教育里，差异却犹如鸿沟。

好在现在的信息发达，虽然父母长辈不曾给我们写信，但是名人给子女的信件我们可以通过阅读来知晓。

我觉得这是值得学习的优秀习惯，所以，当孩子识字以后，我也想和孩子通过写信的方式来沟通。

4

有一部分人是幸运的，他们的家庭教育充满父母的智慧，成长得会更顺利一些。

然而大部分的人，成长或许就不那么顺利。我们的长辈对小孩教育没有深刻地思考，也没有多少人生智慧教给我们。

我们能做的不是责怪长辈，因为这样于事无补。我们能做的就是从自己开始改变，让我们成长中的不完美不要在孩子身上重演。

睁开眼睛看看那么多名人是怎么做的，然后积极学习他们的智慧，希望孩子可以拥有更幸福的成长时光。

孩子，你多学一项技能，未来就多一分底气

1

昨天带宝宝去询问了学直排轮的事情，宝好动，我也挺希望他可以保持运动的习惯。

运动可以保持身体的平衡，有利于健康，重要的是运动就是吃身体上的苦，对于意志力也是一种锻炼。而且看着那些学滑轮的人，身形矫健，看起来就充满阳光。

咨询之后，宝年龄有点儿偏小，力量还不够，所以暂时还不能去学。

以前我觉得直排轮就是学会就可以，听老师介绍之后，才知道原来有这么多的门道。任何事物，自己探索和系统学习还是不一样的。

令我吃惊的，还有直排轮的价格，原以为小孩子的鞋，几百顶多了，没有想到小小一双鞋居然上千。我们不了解的事物太多了，每个领域都是门外人看不懂的。

2

现在开设有好多兴趣班，只要可能，都想让孩子去学一下。过丰富多彩的假期生活，比每天在家里看电视强太多。

虽然大人的兴趣班要少一些，但是，我们依然可以陪着孩子一道，

把自己的生活也变得丰富一些。

孩子假期如果没有事情做，都是在家看电视、玩手机等，作息混乱，还没有小伙伴。要尽量让孩子去学习一些技能，扩大孩子的生活圈。

他见的多了，感受得多了，才知道世界的精彩，也容易与他人建立联系。比如两个孩子在一起学习过绘画，肯定要多熟悉一些；还有体育类的活动，比如一起学过游泳、溜冰、篮球，大家的情感是不一样的。

3

其实这也是我一直以来的不足，我就是因为从小没有这种培训的机会，又没有兄弟姐妹，所以成长有点儿孤单。

记得小时候大概从五年级开始吧，我就觉得假期在家的感觉太压抑了，大人们都没有什么事做，一天到晚就是看看电视。

虽然我不喜欢，但多年的习惯，闲散下来也时常会感觉到无聊，没有事情可做。

我希望孩子可以有所改变，多走出去，多学习，多丰富自身。

要不怎么说假期是弯道超车的最好时机呢，有的人在躺平，有的人却在努力增加自身的技能。

要说我小时候，最大的幸运就是那一柜子的书了，所以现在阅读、写作也还勉强算自己的技能。但我希望孩子除了会看书，应该会更多的技能，为自己增添附加值。

这种差别，也许大学前、工作前不觉得，上了大学，走上岗位，多才多艺和没有任何兴趣的人真的是两种不同的人生，我希望宝可以多些属于自身的能力。

4

大人自身保持努力向上的状态也很重要。很多家庭都已经有了让孩子学习的意识，但是大多家长一直是躺平的状态。

谁说成长只是孩子的任务，现在的人更应该有终身学习的理念。

多久没有看书了？多久没有学习了？多久没有运动了？是不是回家就躺沙发看电视，假期就找牌友打牌，吃喝？

曾经意气风发的少年，终于成了自己最不喜欢的模样，午夜梦回，难道你就没有遗憾？

我们已经寻得想要的平稳，不要忘了成长是人生永恒的主题，让我们与孩子一起变得更好。

第四章　三十岁的人生絮语

别着急，世间万物皆有时节

1

已经入冬一段时日，但是由于在西南边陲，气温虽然下降了，但大部分的树还是青葱的。

这里的冬天，最多就是草的枯黄，而校园里的银杏叶还满是金黄，似乎想要留住秋天。

今天下午在校园里逛逛，一直逛到了接近天黑，发现银杏树几乎就长在差不多的地方，相距不过几米，状态却全然不同。

有的已经光秃秃的，有的还有几片残存的树叶，有的却还满树的金黄。我看着这些银杏树，感到有些诧异，几乎一样的环境，为何如此不同？

思索一阵，一句话在脑海里浮现：世间万物皆有时节。

2

这片银杏树让我顿悟，树如这般，人生亦然。当还没有达到自己目标的时候，大可不必着急，有的人少年得志，有的人大器晚成。

你不应该焦虑结果，而应该坚持努力。相差几米距离的银杏尚且如此，更何况有着不同思想的活生生的人。

现代社会的节奏越来越快，整个社会充斥着一种焦虑感。

自从孩子出生，所有的父母都像得了焦虑症，报各种班，各种兴趣培养，各种早教，唯恐孩子落后。在学校里大家一路比拼，到职场上也是如此。

这样的形势下，甚至有些人在生活中也是如此，争强好胜，无关紧要的闲谈都一定要辩个子丑寅卯。

3

大部分人都在这样的焦虑情绪之中，读书的时候焦虑成绩，稍微落后就紧张不已。

步入社会，比工作、比工资、比房子、比车子。仿佛一生都是在比拼之中。稍微有所落后，便焦虑不已。

真的不必担忧别人比你提前拥有，世间万物皆有时节，每个人也都有自己的时区。别着急啊，人生那么长，只要努力，一切都会有的。

有的时候，连逛一遍朋友圈都会加重这些焦虑，大家都多么光鲜亮丽，生活都多么丰富多彩，仿佛只有自己在灰暗的角落。但其实，每个人的生活都有一地鸡毛的时候，朋友圈里的光鲜只是生活的一面，而另一面里，谁的生活都有不容易。

不管别人怎么看，整个世界怎样评价人。一定要记得寻找自己身上的闪光点。哪怕我只是没有任何过人之处的普通人，只要我认真生活，也有一种动人的从容。

当我们能静心劳作，不再攀比和焦虑，才更能踏准自己的节奏。

世界正是因为不同而精彩，所以，你的不同不该是自己自卑的理由。

世界那么大，你总会找到你的平台，你总会找到欣赏你的，和你一样可爱的人。

4

借用网络上的一段话：人跟人的生活节奏是不一样的。有人三分钟泡面，有人三小时煲汤，有人外卖已经送达，有人刚切好蒜薹和肉。有人二十五岁才从学校毕业，有人二十五岁已经事业有成、家庭美满。

我们很容易和别人比较，特别是和自己身边的人比，这种比较包括财富和物质以及能力。我们会不由自主地用羡慕的眼神看待那些比自己优秀的人。

但其实每个人都是独一无二的存在，在各自的人生的道路里选择不一样，结果自然不一样。总把视线放在别人的生活里，会忘记自己原来也可以很精彩。

不要羡慕任何人的生活，谁家的锅底都有灰，并不是别人风光无限，而是他们的一地鸡毛没给别人看。

当你一无所有时，说明你该拥有的还没到来，对未来坦然一些比较好，在你的时区里，一切都会准时的。

时间会给予你，前提是你要做好自己。每个人的花期都不同，不必焦虑别人比你提前拥有。这个世界很好，你也不差。

学会不再诉苦，是成熟女性的标配

很小的时候，只要我们受了委屈，总是跑到父母的跟前哭泣，需要得到拥抱和安慰。后来，我们习惯向朋友倾诉自己的不如意，期待朋友给予鼓励和支持。

长大后，才发现没有人可以随时给我们依靠。

看着渐渐老去的亲人，已经不忍心再将自己的烦恼告诉他们，他们没有办法帮助我们，只能焦虑担忧。而朋友都有各自的工作和生活，几乎腾不出时间来听我的絮絮叨叨。

所以，我学习丰富生活、强大内心，给自己面对人生的力量。

1

有的时候，诉苦不过是在传递负能量，而对于解决问题却于事无补。

对于关心我们的人，总是向对方倒苦水，相当于一直向对方倾倒心理垃圾，增加对方的心理负担。

而一般生活圈层差不多的人，认知也相差无几，所以通常对方也给不出什么建设性的意见。

诉苦吐槽不但问题得不到解决，还消耗对方的精力，怎么想都不是一件合算的事。况且有时候，互相倒苦水的两个人，也许都越说越自怜，更加悲观。

所以，成年了，该学会自己消解情绪，而不是依赖他人。

2

没有人能永远给你支持，除了你自己，我们要永远保持努力。丰富的知识储备，足够的经济基础，持续稳定的情绪将是自己永远的靠山。

我也有过至暗时刻，在迷茫里找不到出口。

好在我一直有一份稳定的工作，给了自己基本的生活保障。

这两年多来，我持续阅读写作，不断丰富自己的知识，拓宽自己的视野。

我不再寻寻觅觅那些无法改变的事情，开始关心自己的情绪，我慢慢地变得更加舒展平和。

相比于原生家庭好的朋友，我需要不断强大自己的内心，与那些成长里的不完美做斗争。好在我没有放弃，我不断锤炼自己的内心，做自己永远的支持者。

3

每个人的生活都不可能一帆风顺，那些看起来开心快乐淡定从容的人，不是没有遇到困难，而是懂得自我消解。

应该没有人会喜欢祥林嫂吧，所以，即便是深重灾难，也没有人喜欢一遍一遍重复地听。

平和淡然，是我们应该修炼的心境，宠辱不惊，看庭前花开花落，去留无意，看天上云卷云舒。

不但不向别人诉苦，自己也要看淡所谓的苦。

很多曾经自己以为跨不过去的坎，几年后回头不过是轻轻的一笔。

所以，无论身处逆境顺境，都要学会拉长时间线来看待。

小结：

你的念头和语言都是有磁场的，你怎么样就吸引怎么样的事物。

所以，面对困境更不要诉苦，应该放平心态，把自己收拾得干净利落，踏踏实实做事，更容易迎来转机。

当你无视所谓的苦，把重心放在积极的事物上，专注于自己的成长，生活真的会变得更加明亮呢。

能力没有提上来，你以为的情谊都只是无效社交

1

生活中，大多数人喜欢抱团，因为这样不仅有安全感，还能显得自己合群。

我也曾经这样，将很多时间花费在维系交往，聊天分享，请客吃东西上，以为这样就能建立良好的人际关系，实现自我成长。

直到一次工作中遇到问题，自己用心维护的情谊，自己以为的朋友，却远远观望着。自己以为掏心掏肺，其实对于别人不过是逢场作戏。

盲目抱团不仅会耗费大量的精力，大多数时候对于个人成长并没有实质性的提升。

2

为什么自己付出真心却得不到回报，那些瞬间真的感觉无助又迷茫。

心里埋怨着别人的冷漠，明明那天聊得很开心，大家一起吃的食物味道不错。

为什么都那么虚假，为什么生活这么不公平？

后来我明白了，成年人的世界能力就是一切，没有能力，你以为可靠的关系其实不堪一击。

成年人的交往讲究势均力敌，相互能够赋予能量，而不是像藤蔓一样去依靠大树。

3

明白了这个道理以后，我就不再抱怨别人，也不再将精力花在维系关系，抱团取暖上。

我开始想努力地提升自己的能力，既能为工作赋能，也能为人生开创新天地。

因为我的经历和文学积累，最后我选定的方向是写作。

我很庆幸自己选择了写作，让我终于可以踏实地做自己，也获得了很多称赞和另眼相看。这是我再努力地抱团，都不可能得到的东西。

相反，因为我有了别人认可的特长，与他人也更加和谐了，不知道是不是错觉，写作后世界都和颜悦色了。

4

我写作以来，最先是向地方官媒投稿，前后被征用的文章有十多篇。

自己写公众号，文章发布后被很多朋友点赞、转载、评论，我仿佛第一次站在舞台的中央，那种被认可的感觉真的很棒。在一些征文活动也获得了奖项，我对自己越来越有信心了。

因为写作，我找到了自己的价值，放大了自己的优点。

现在，我已经在简书写下八十万字，日更运营公众号两年，在自媒体世界，也开始结交到自己的同频人。

我开始敢往更远的方向去想，我要一直写下去，并且要出版音频书、电子书，最后出版纸质书。

我获得了满满的能量，对明天充满了希望。

5

当你的能力没有提上来，你以为的情谊都只是无效社交。

许多人到处宴请朋友，以为自己一呼百应，真的遇到问题才知道靠得住的没有几个。当你在别人眼里只是能力很弱的存在，你以为的交往也是不平等的。

如果你也如我一样，并不擅长于人际交往，我劝你与其花费大量精力维系所谓的关系，不如实实在在打磨一项技能。

因为低能力的社交，除了耗费精力，其实对于人生成长毫无益处。但是打磨技能是确定的，打磨好了是别人拿不走的，兴许你还能因为这项技能获得很多意想不到的惊喜，人生就此改变也未可知。

愿所有处于低谷的朋友，都能尽快找到自己优点，并且把它做到自己能做到的最好，将来你一定会感谢今天的选择！

闻泪声入林，寻梨花白，只得一行青苔

1

昨天刷小红书的时候，意外地刷到了歌曲《千里之外》。

因为是一首老歌，旋律不错，里面的歌词也能哼上几句，所以就停下欣赏。

这是我第一次边听旋律边看了歌词，这一看，那优美的辞藻简直迷倒了我。

一直对歌词无感的我确确实实被惊艳了，难怪一直有人称赞方文山为才子，每个词句都将中华文字的韵律美展现到淋漓尽致，画面感也如水墨丹青般隽永。

有很多文章对歌词进行赏析，然而无论如何赏析都远远没有原文精妙。含蓄温婉，唯美动人，留白间夹杂着淡淡的哀伤。

难怪这首歌当年能红遍大江南北，绝美的词配上古典悠扬的曲调，说唱和通俗唱法的完美融合，听曲就是一次美的洗礼。

2

陶子已经中毒，只想摘抄几句喜欢的词：

故事在城外，浓雾散不开，看不清对白

闻泪声入林，寻梨花白，只得一行青苔
天在山之外，雨落花台，我两鬓斑白

一身琉璃白，透明着尘埃，你无瑕的爱
你从雨中来，诗化了悲哀，我淋湿现在

芙蓉水面采，船行影犹在，你却不回来
被岁月覆盖，你说的花开，过去成空白

中国古典美被绝妙展现，画面唯美、意境幽远、留白含蓄，美得让人心醉。精致的辞藻带我们走进绝美的故事、令人动容的景色、淡淡的哀伤。浓浓的中国风，脑海中徐徐展开一幅水墨画卷……

3

真正的文学美，不就是呈现一种意境美，获得心灵的洗礼吗？

挖掘自身丰富的内心、对人生进行深刻思考，打下温润的精神底色，应该是最重要的事。

为什么今天很多人会抑郁会轻生？里面不乏我们认为功成名就的明星、企业家、学者……

很多人在获得世俗的成功后，会觉得人生好似没有什么意义了，自己没有追求了。

所以，精神的温润和对人生的思考，一定要排在实用之前。人首先是有思想的鲜活的个体，其次才能去考虑创造价值。

如果彻底成为工具人，去掉思想上的关怀，就容易产生许多问题，比如泛滥的抑郁症、焦虑症。

以经济建设为中心是社会发展的必然，但是，在经济基础的前提下，不能忽略了文化对人精神的陶冶。

某种意义上说，这才是最重要的事情。

踽踽独行，也有别样的美

1

一个人走走的时候，最容易认真地注视风景，一草一木的葱茏，风中摇曳的花朵，天空湛蓝，云朵洁白，用心体会微风拂面的轻柔，空气里若有似无的香气。

全身心地体验置身景色的愉悦，也更容易认真思考生命的深刻。

在一个人踽踽独行的过程中，更容易听到自己内心的声音，世界变得更加真切。或许，这就是独处的力量。

2

而我，可以享受大把的独处时光。

我性格沉静，不喜欢张扬和过分的热闹，对于友谊，抱着随缘的心态。

不会刻意走近谁或者讨好谁，一直觉得真的友谊是彼此间的欣赏和自然靠近，而非刻意营造。

朋友总是来来去去，大浪淘沙，留下来的就是生命的格外嘉奖。

我们都曾笨拙地对待友谊，不懂边界，控制欲强，在友情中伤过人也被人所伤。

当年亲密的朋友有的已经消失于彼此的生活，也有存留下来时常相聚定期谈天的。

三十以后的友谊，不过分强求，也不会过分的黏腻，而是彼此相处舒服有界限。

3

我们一生最重要的课题就是学会陪伴自己，学会享受独处的时光。

坦然愉悦地走一段独行之路，内心淡然，不慌张也不惧别人的步伐。

路遇同事就礼貌寒暄，若步调一致就同行一段；如若步调不同，就依然遵循自己的节奏。

当内心平和，笃定又充满力量，就不会再患得患失，而是对生活充满了掌控感。

成长就是告诉我们学会面对孤独，减少对他人的期待。如果遇到心意相通的朋友，那是你的幸运；如果没有，不必感怀，这才是人生常态。

所以，如果你的身边有陪伴的朋友，如果经常有来自远方的祝福，一定要珍惜。如果没有，记得认真地做好自己该做的事，认真地滋养自己的精神。

千万不要因为孤单，强行去加入并不适合你的群体，结果只能在人群中更加孤单。

不知在哪本书看到这句颇有哲学意味的句子：孤独是一个人的狂欢，狂欢是一群人的孤独。

世人皆孤独，踏准自己的节奏，精神舒服愉悦就好。

4

以前，我也曾为自己这样冷淡的性子而懊恼，总是想我要是像那个谁口齿伶俐、左右逢源、幽默风趣就好了。

无奈有种叫作性格的东西烙印太深，强行学习反而显得做作和表演痕迹太重。

不如，就真实地做自己，发自内心地欣赏人群中的闪光者，也理解如自己一般的安静者。大家本就不同，各不相同各有优缺，这样世界才更加丰富不是吗？

所以啊，没有必要黯然神伤，你本就是最独特的。说不定在你羡慕别人的同时，别人也在偷偷羡慕着你。

在清明的夜晚，静静地怀念你

1

清明假期的第二天，扫墓、上坟。

妈妈已经去世十多年，每年都是我和爸爸去扫墓。准备好上坟的物品：斋饭、盐鸡三参、茶酒。

从前我上坟的时候，总是扫着灰尘的时候就泪落腮边。下跪在坟前喊上一声"妈"，就开始泣不成声。

近几年，我是克制的，还是下跪就泪落腮边，但是尽量压着情绪。

不想让悲伤蔓延，不想让爸爸伤心，也不想回家让孩子看到自己哭肿的双眼。年岁渐长，情绪也不能肆意。

毕竟生活还要继续，你再哭得死去活来也不能唤回离去的亲人，反倒让眼前的亲人担心。

2

事先我已经调整情绪，一天下来，还算平和。

过去多年后，那里结痂，虽然疼，但总归能从内心接受。

我依然会想念母亲，多少次夜晚泪水打湿枕巾，但那是我一个人的怀念。第二天，还是该带孩子带孩子，该上班上班。唯有带着母亲的爱认真生活，才是母亲最希望看到的样子吧。

没有那么多时间给你疗伤，没有那么多人给你安慰。所以，崩溃后的伤还是要自己慢慢疗。

3

最痛的时候是哭不出来的，最深的感情也不能用语言来形容。

在清明，怀念着我生命中最重要的人，有成长中的温馨瞬间、冲突矛盾的情节，也有生病时的照顾、离去时的崩溃。

所有的情节重叠，有温暖也有痛楚，以及对母亲英年早逝的遗憾。母亲没有等到我成家立业，更没有看过可爱的宝宝。那个世间最疼爱我的人，无条件爱我信任我的人，已经离开了十二年的光景。如今，坎坎坷坷，再也没有那样一颗牵挂我的心。

小的时候不懂，总是会和母亲置气，没少让母亲伤心。如今我也成了孩子的妈，才真正懂得了母亲。少年时，总是有恃无恐的与母亲闹矛盾，因为我知道她爱我，以爱相要挟，到最后胜利的一定是我。

如今，才知道这样无私包容自己的人很少，能真的在乎自己的人很少。等我知道在乎的时候，却再也没有机会甜甜地喊一声妈。

在清明的夜晚，孩子在身边已经睡熟。

在这个温暖的小房间里，我终于可以静静地写一篇文章，静静地怀念着你。我轻轻抽泣，泪滴滚落，思念着那个给了我生命，给了我最初温暖的人。

愿你在琐碎中保持梦想

1

生活中见过许多毕业后再也不学习的人。

日复一日做着同一份工作，领取固定的薪水。麻木地上班，下班后要么躺沙发玩手机、看电视，要么一群朋友胡吃海塞，喝酒打牌。

看书，看不进去。学习技能，没有精力。梦想，不存在的，又不能当饭吃。

当听到年龄只有三十多岁的二宝妈，说着自己以后带孙子的理想，我猛然一惊，是什么，让我们三十岁就开始期待八十岁的生活，活得千篇一律又毫无活力。

还有人说着，结了婚有了孩子，还学什么习？买东西肯定买孩子、家人的，还给自己买什么？

是谁，让我们只成为妻子、母亲，而唯独忘了自己也是一个鲜活的人。

到底是生活的琐碎，还是自己的懒惰，让我们的梦想落满了灰尘，甘心于此。

2

今日看到一篇报道，说的是在西方国家，很多家庭主妇除了做饭洗衣服照顾孩子，大多在生活中留下属于自己的一小段时间，用来提升自我。

我觉得很受启发，大城市怎样我不清楚，就我身边的宝妈们，大多数都是以照顾孩子为借口，已经再也不学习了。

每天都是按部就班，生活里除了孩子就是老公，或者在一起就抱怨婆婆如何。

你要问她们的梦想，她们会像看怪物一样看着你，说出诸多的理由来。

有的人知道我在练习写作，话里话外嘲笑我当网红，赚了大钱之类的。

3

然而，我不会因为这些而退缩，虽然我已经是一个三岁宝宝的妈妈，但是我更是我自己。

我虽然只能在乡下工作，见识等受到环境的制约，但是我心中依然有梦想。

我看书阅读，看到更辽阔的世界；我写作投稿，发表文章，治愈自己。我还想去看更宽广的世界，想去各处旅行，想品各地美食，想写出禁得起时间推敲的好文字。

我想在一眼就能看到三十年后的稳定工作里，增加一些新鲜的元素，去体验人生的另外一种可能。

不管多少岁，都应该保持对生活的好奇心。

4

越努力学习的人越活力满满，越懒惰的人越死气沉沉。

生命在于运动，生命也在于探索和学习，只有不断求索的生命才是充满活力的。

那几年我也曾是这些人中的一员，每天过得颓废而懒散，没有目标也没有动力，就像是抽空了灵魂的机器。

当我开始阅读和写作，唤醒了自己心中的文学梦，当我认真地看一本本书、写一篇篇文，沉寂得像死水一样的生活忽然有了些鲜活的色彩。

我知道，哪怕再努力，可能终其一生也依旧是人群中最普通的存在，可是努力的过程，却让人生有了很多意外的惊喜。

或者，这样就已经足够了，即便不可能成为作家，但是这些被文字照亮的日子，也是生命中的珍贵时刻。

一路走来磕磕绊绊，后悔现在才明白这五个道理

1　有规划和无规划，过的是完全不同的人生

记得曾经看到过一个国外的研究报告，关于研究影响一个人成长的因素，研究长达七十年。

结果发现，那些从小就被父母教导规划未来的孩子，大多取得了不错的成绩；而那些无人指导的孩子，对未来一片茫然，最后只能走完平庸底层的一生。

我的生活里，一直对人生缺乏长远的规划，虽然我心有不甘却一直找不到方向。

直到我遇见写作，我的人生忽然清晰起来，也找到了自己一生的目标，那就是记录自己的人生故事，用文字留下美好。

无论处在什么年龄，都要认真地思考自己想成为一个什么样的人，想过怎样的生活，至少让生活拥有一个正向目标。

2　一定要保持至少一项兴趣爱好

生活里有多少人，早已没有了自己的兴趣爱好，每天都只是昨天的重复。

人每天沉溺于琐碎，就会变得格局很小，一些鸡毛蒜皮的事情就变

得很大。比如大家都不喜欢聚在一起讲东家长西家短的大妈，但又有多少人最后活成了自己讨厌的模样。

想要活得轻盈，你需要有一项兴趣爱好，给枯燥的人生添点儿乐趣。

你的兴趣爱好就是你的避风港，不管生活多么艰难，只要沉浸于爱好，就再也听不到外面的风雨声。

庆幸自己喜欢阅读、写作，无论多么糟糕，只要能端坐于书桌前，就能感觉到幸福。

3　一定要认真赚钱，留有积蓄

成熟，是从意识到金钱的重要性开始的。

年轻的时候，我们总是觉得谈钱俗气，应该视金钱为粪土。

到了一定的年龄才会明白，衣食住行都离不开金钱，金钱是人生的护城河，所有的体面都是金钱给的。健康的食物、良好的医疗、好一点儿的居住条件、孩子的教育……

所有的一切都需要钱，所以，我们要踏踏实实地赚钱，认认真真地工作。并且保持危机意识，生活总是有潜在的风险，所以不能赚多少用多少，一定得有积蓄。

生一场大病，陷入一次危机，你就会知道钱多重要。所以，保持清醒，不要陷入消费陷阱，也不能让经济状况一团糟，金钱是你最后的底气。

4　强大自己，把时间花在有复利的事情上

每个人都会走过一段异常艰难的时光，这段时间，你只能默默努力，提升自己。

有的人习惯像祥林嫂一样到处诉说不幸，殊不知人与人的悲喜并不

相通，你的伤口或许在别人听来只是一个笑话。

所以，不如把时间花在重要的事情上，写作、画画、锻炼、整理、网页制作……

不断打磨自己，才可能迎来人生转机。

自己没有能力，认识谁都没有用，真的强大，不是靠攀附谁，而是自己成为那样的人。

5 成年人的努力，都是不动声色的

年轻的时候，自己做了点儿什么，都很快发个朋友圈，大有昭告天下之意，唯恐他人不知。

比如，跑一次步，一定得刷个圈，向大家显示自己运动自律；

去自习室，得拍一张唯美看书的照片，哪怕自己一行没看；

每天打卡早起，其实起床了也是打瞌睡……

但是假装努力，结果不会陪你演戏。

身上的肥肉，除了书名再说不出内容，成绩丝毫没有起色……每一样结果都清楚地显示，你是假努力。

真正自律的人都在默默地努力，没有时间"昭告天下"，成年人的努力都是不动声色的，狠人都是深藏不露的。

小结：

有句话是这样说的：种一棵树最好的时间是十年前，其次是现在。

我三十多了才想明白这几个道理，希望就不会太晚。

希望正在阅读的你能领悟更多的人生道理，踏踏实实努力，尽快过上自己喜欢的生活。

我是陶子，希望你拥有无憾的一生。

冬日里的小幸福

生活在祖国西南边陲小镇，看不到白雪皑皑、银装素裹的雪景。

但是这里也有着自己独特的冬季景观，也有着属于这个季节的小幸福。

1

寒冷冬日，暖阳总是让人幸福感倍增。

大家喜欢就坐在院子的路牙石上，一边晒着太阳一边聊天，气氛很是热烈。

我虽然不常参与到聊天大军，但我经常听着这些热闹的聊天说笑，觉得充满了烟火气息。

除了聊天拉家常，这个季节里，阳光很好，大家都寻思着做点儿需要晾晒的小零食。

在这样的暖阳下，院子里的巧手阿姨们纷纷趁着好时节晾晒小零食、晒柿饼、晒年枣糕、晒腌木瓜……忙得不亦乐乎。

馋嘴的小孩子们，总是还没有晾晒干，就先饱了口福。无论谁家晾晒的，主人家也总是让大家去尝一尝。

品尝着各有不同的手工果脯，聊聊家常，院子很热闹，也算是冬日里的一大乐趣。

2

在南方，虽然早晚的气温已经明显低了。但是院子里的银杏树，还满挂着金黄的叶子，似乎还停留在秋天。

金黄的叶子，在阳光下，显得非常漂亮。我时常带孩子在银杏树下跑跳、捡拾树叶，用手捧着叶子扬起，看叶子纷纷扬扬地落下来。银杏树下，就可以度过一个快乐的下午。

松树四季常青，这个季节的松树林下，有厚厚的松针，就像厚厚的地毯。看孩子们追赶玩耍，实在是一件愉悦的事情。

办公室里，每天也都会有一些小零食，酸萝卜条、木瓜、橄榄、年枣糕。

每天，工作的同时，聊聊天，吃着好吃的东西，特别幸福。

冬天，还需要一点儿甜甜的东西，刚刚学会制作奶油，冬天里来一口，甜蜜爽滑，这一份甜抵御了冬的冷。

3

作为怕冷物种的我，冬天里最欢喜的莫过于暖风机。

回到家打开暖风机，不一会儿屋子里就暖烘烘的。随着屋子气温的上升，幸福指数也跟着上升了。

这个暖风机，是我这几年来觉得最满意的一次购物啦，是冬天里留在家里的小太阳。

在我的小书房，阳光透过玻璃窗照在房间里，我翻开书本，在阳光的光晕中，读着自己喜欢的文字。

这样的惬意舒服，四季不变，但唯有冬日，会觉得最幸福。

4

哪怕是发会儿呆，也是冬天里的幸福时光。

就静静地坐着，看看蔚蓝如洗的天空，有时还会飘来几朵云彩。

不同于雨季的潮湿，冬日空气中透着干爽清冷的感觉，头脑清醒而愉快，这样的体验，绝对不同于夏日的昏沉。

三十岁后，更要懂得经营自己的人生

三十多岁，大多数人已经成家立业，为人父母。

大家都在经营着属于自己的生活，有的发展顺风顺水，也有的生活困顿艰难。有人多年没有什么改变，也有的在悄悄成长。

纵观一个人的发展轨迹，其实一切都有迹可循。那些后来混得好的人，绝不是因为天降好运，而是一直在自己的领域上深耕，才慢慢有了后来的成绩。

你今天的行为，决定了明天的你。你的未来会是怎样，就藏在你现在的一言一行中。

不管什么年龄，都不要放弃进步，要好好经营属于自己的人生。

三十岁后，人生步入中年，此时如何规划，决定了自己后半生的走向，我们应该好好经营！

1　学会借力

这对于宝妈特别重要，如果不懂得借力，很多时候，你不但会觉得很疲惫，而且根本没有时间提升自己。

处于疲惫状态的妈妈，是无法给孩子精神滋养的。

所以，你要学会借力，向另一半、父母，甚至请保姆。

不要让自己陷入忙于琐碎的境地，借力，才能让自己有精力成长。

2　依然对明天充满期待

很多中年人，随着生活渐渐稳定，都会开始追求安逸平淡，直到最后放弃梦想。

有多少岁又有什么关系呢？人生本就是一个不断成长的过程。

中年又怎样，我们依旧可以怀有热切的梦想，对明天充满希望。

眼睛里有小星星，永远充满热忱。

3　培养抗干扰能力

现在是知识爆炸的时代，打开手机就是铺天盖地的消息。

我们常常刷着视频就停不下来，等关上手机才发觉什么也没有记住，又浪费了几个小时的时光。

现在，我们应该培养抗干扰力，关掉手机吧，让自己安静地看看书。

4　找到对人生有益的爱好

爱好，对每个年龄的人都很重要。尤其中年以后，有一份对人生有益的爱好非常重要。

我们可以看见许多正向的例子：

有的人长期保持运动，体态轻盈，身体健康；

有的人长期练毛笔字，写出的字雄浑有力，性格沉静淡然；

有的人热衷厨艺，把新鲜的食材变成美味的食物，每天都是最美的人间烟火气。

有爱好，就能让我们在艰难的人生中找到乐趣，保有最初的悸动。

我们也曾看见过这样的人群：

有的酗酒，每天迷蒙着双眼，醉醺醺地踉跄；

有的沉溺牌桌，天天打牌，不知今夕何年；

也有的人失去了自我，捆绑在家庭里，几十年毫无成长。

小结：

中年并不可怕，可怕的是停止思考。

三十多岁，最多不过人生的一半，如果没有梦想，下半生都是在毫无新意中重复，该有多无趣啊。

对人生多点儿思考，明白自己想要过怎样的一生，经营好属于自己的每一天，努力去迎接高质量的未来。

人到中年，稳中求变才是出路

人到中年，上有老下有小，不可能像年轻的时候一样洒脱。

不管那些成功学怎样鼓吹，都不可否认中年人已经没有破釜沉舟的资本，只能稳中求变。

要在保证自己最基本的收入来源，能养活自己和家人的情况下，才能寻求突破。

1

只有保证经济收入才能谈梦想，中年人更是如此。听过很多中年辞职发展，却谋不到好出路的故事。

年轻的时候多试错，出了问题让家里帮衬一下没问题，但是中年以后，全家人都依靠着你，没有十足的把握真的不能裸辞。

也许工作并没有那么顺心，但是至少有稳定的养活自己的薪水，让一家的生活不至于陷入困境。

也许工作繁重、上司严厉、同事也不好相处，但你依然应该全力以赴，因为它是全家的生活之本。当你身无分文，孩子嗷嗷待哺，父母生病需要交费的时候，你就会知道一份稳定的工作多么重要。

梦想可以追求，但只有先解决生存问题才有能力谈，稳中求变是中年人的靠谱。

2

稳中求变，可以在工作之余学习一项技能。

在自媒体大发展的情况下，学习写作、拍视频，通过各种途径展示自己。还可以把这些与工作结合起来，比如"写作 + 工作"，在文字中反思自己的工作，让更多的人认识你。当你写得足够多，可以考虑出版书籍，进一步助力自己的工作。

拍视频，可以分享教育心得、成长经历、阅读方法，我还看到过医生用水果做手术的有趣视频。

这些，都是可以为本职工作赋能的，也许你就能获得新的发展机会。

3

在提升的过程里努力，做好以后就像是发个朋友圈一样平常心，不要总想着一下就能得到改善。

只要你踏实去做，一定会有所发展，把时间线放宽到三年左右再来看。不要写几篇文章就想成功，发几个视频就想爆款，这些都是需要长期积累的。

为什么你还没有成功，因为投入的时间太短，有付出才有回报，这是亘古不变的道理。

中年人在工作之余做点儿提升自己的事，实在非常值得，没有大成长就当是陶冶情操，万一有所发展呢？

做个长期主义者，人生更加精彩，或许就在某个时间点爆发出大发展。

4

不要把时间花在不值得的事情上，而忽略真正有价值的事。

有很多人，喜欢请别人帮砍一刀、玩视频赚钱、薅羊毛，每天把大量的精力用在这些细枝末节，这些是没有什么大发展的。

你应该去努力积累，提升自己，为自己增加新的技能，这些才是真正属于你，别人不可能拿走的东西。

我们小区一个大妈多年来一直捡垃圾、塑料瓶卖，经常说现在不好做，还没有几十年前收益大。像这样的活计，不可能有什么大提升，被替代性很强。

中年以后稳中求变，要做有提升价值的事情，做低效的事情是没有用的。

小结：

中年后，稳中求变。既不能盲目冒失，也不能躺平摆烂。总之，要坚持终身学习，永远不停止成长。

我以前是想改变又不知从何做起的状态，卷又卷不起，躺又躺不平。而我开始写作后，随着接触的人越来越多，吸取了各种新知识，我看到了人生更多的可能。

技多不压身，多学习一种能力，将来就多一点儿新的可能，人生的风险就会低一些。

愿所有的中年人，都能活出新的模样，有技能傍身，兜里有钱，眼里含笑。

第五章　分享几个让生活变明亮的小习惯

适合在假期做的六件小事

大家好啊，又到了"五一"小长假，大家打算如何来度过呢？

工作的时候觉得很累，总想着要是能休息几天就好了，但是真的到了假期，好多人却又不知道可以做什么了。

要么蒙头大睡，要么彻夜狂欢，结果是没有放松，反而更累了。

假期可以做的事情有很多，提前列个计划，会发现身边有趣的小事挺多的。

1 早睡晚起，给生活按下缓慢键

工作了一段时间，整个人是比较疲惫的，所以我通常会调节一下，先让身体来个大放松。

比如，可以比平时早睡一点儿，洗个热水澡，然后躺在暖暖的被子里。

早上可以适度起床晚一点儿，假期嘛，就是需要让自己舒展放松。

虽然很多励志博主主张每天都要早起，还拿谁谁谁给我们做榜样，但我始终觉得要张弛有度。

偶尔在节假日里放松，体会与平时不同的节奏，也不失为对生活的另外一种体验。

2 认真看一朵云、一枝花、一棵树

繁重琐碎的工作，让人沦为机器，拼命追赶效率。趁着假期，好好放松身心吧。

走出钢筋混凝土的写字楼，抑或是离开低矮昏暗的作坊，不管你是谁，都需要一次放松。

回归到大自然，去认真地看云卷云舒，认真注视一朵花的绽放，一棵树的挺拔。

做一次生命的聆听者，想一想我们为什么而出发，或许困扰我们的某个问题就在不知不觉中被解决。

3 会会想见的亲友

一个人千万不要活成一座孤岛，工作时忙碌，假期就会会亲友吧。

最好是那个懂你、能滋养你、能让你放松让你笑的亲友。在节假日里见一见吧，坐在一起聊聊生活的近况，逛逛街，一起吃一次火锅。

感情就是在一次次相聚中加深的，有事没事多联系，大家的感情才亲密。

定期聚会，不但可以丰富假期生活，还能让身心愉悦，是保持身心健康的一大法宝。

4 尝试一个新事物

哪怕没有能力做大的改变，也能在小范围里做新的尝试。比如使用新的香氛，改变居室的布局。

在假期里，可以去个周边没有去过的景点，品尝一种没有吃过的美

食，逛一次没有逛过的商场。

每天都在熟悉的环境里，人的头脑容易迟钝，在假期尝试新事物，可以给大脑有益的刺激。

增长自己的见闻，对于正在成长的宝宝也是极有益的，经常见丰富的事物，有利于宝宝大脑发育哟。

5 多去整洁宽敞的地方

环境的力量不可小觑，不管你的人生怎样艰难，都给自己时间去看看整洁宽敞的地方。

可以在商场里某个舒适的咖啡厅落座，干净的落地窗，优雅的音乐，翻开一本杂志，再轻啜一口香浓。甚至可以是某个超市，行走在排列齐整的商品栏，挑几样自己喜欢的小物件。

干净整洁宽敞的环境，会提示我们生活中还有美好的事物。

我曾经好多次，都是在肯德基的橱窗边，喝着冷饮的时候与烦心的往事告别。

我的一位亲戚，长期在低矮的作坊工作，但是在休息的时候，就会到城市的广场走走，感觉日子会多一些盼头。

6 "五一"还应该大扫除喽

"五一"国际劳动节，让我这样的懒人都没有偷懒的理由。

我最喜欢的就是擦洗杯子，用去污粉擦洗杯子上的茶垢、水垢，将玻璃杯子擦洗的晶莹剔透。看着干净的杯子，喝水的欲望都会更加强烈哦。

还准备选个晴朗的日子，洗被套，在阳光下暴晒。

整理和打扫，也能有效提升幸福感。

小结：

这个"五一"假期，可以试试这六件小事哦。

其实也不止这六件事可以做，大家可以根据自己的喜好去解锁更多的可能。

愿你在暮春时节，身心都得到治愈！

每晚睡前与世界和解，三个方法提升幸福度

一个人最好的状态是什么，我觉得就是无论今天如何艰难，睡一觉后迎着朝阳能满血复活。

成年人的字典里没有容易二字，能快速调整情绪，永远对生活怀抱热忱，是一项了不起的能力。

大多数人的工作很辛苦，大批的人甚至是清晨赶往岗位，回家已经夜幕深沉。

工作的辛劳、生活的琐碎，我们一定要学会在一天结束时收拾好心情，不要把坏情绪带到第二天。每天入睡前，忘记不开心，带着感恩入睡，带着欣喜醒来，不辜负每一分每一秒。

睡前不要总是玩手机，也不要一遍一遍沉浸不如意的事，学习几个睡前小习惯，带着轻松入眠。

1　用全面的眼光看待事情

俗话说"塞翁失马，焉知非福"，一件事情从一个方面看是坏事，可能从另外一个方面看就变成了好事。跳出自己原有的思维看待问题，可能发现新的视角。

就像我能坚持日更，其实与这几年不够顺利有很大的关系，如果顺风顺水，可能我也就安逸了，不会想着打磨写作技能。

遇到难相处的同事，对自己也是一种修炼，对人生会多些思考。

我们遇到的任何困境，都是对自己的磨炼。

2　多想想快乐的事

都说没有在深夜里痛哭过不足以谈人生。

但其实，痛哭后的早晨，比谁都要疲倦。睡前，不妨感恩一切，多想想开心的事。大脑被开心的事填满，不开心就没有位置啦。

不管怎样平淡的一天，甚至糟糕的一天，只要用心，总有一些温馨的瞬间。

在家过年这几天的幸福：虽然一连几天都是阴雨天气，但是屋子里有加温器，后院有火塘可以烤火，感觉挺暖和舒服；

吃到了姑父自己家种植的橘子，纯天然水果，味道酸甜，剥完后手上一股橘子的清香；

爸爸老友的女儿从远方回来，一个研究生学历的优秀小姑娘，给宝儿一个红包，被惦念的感觉很温暖；

爸爸从地里找到一株自己生长的芋头，煮出来意外的香糯；

这几天公众号的阅读量不错，好几篇都破百了，对我这个小号主是个大大的鼓励。

当我写完这些零星小事，这一刻感觉自己是这样的幸福。

回忆生活里幸福瞬间，自带治愈力。

3　期许明天又是美丽的一天

最后，在睡前憧憬一下明天。

呼吸新鲜空气，洗个温水脸，涂上气味好闻的护肤乳；

吃到热气腾腾的早餐，豆浆、包子，抑或是牛奶、糕点、水果；

阳光暖暖的洒下来，把一切都镀上一层金色……

这样，是不是有点期待明天的到来。

小结：

在深夜，给心灵做个 SPA，让一天有个美好的结束。

每一天对我们来说都如此珍贵，多想想好的一面，让自己开心一点儿。

睡前的仪式感，可以让这一夜香甜，也为第二天注入了能量剂。

这几个小小的仪式，看起来简单，但只要你用心去做，就会发现神奇的魔力，生活的甜度都浓了几分。

我是陶子，愿你每天都能带着甜蜜入睡，带着希望醒来。

女生需要坚持的生活小习惯

一直觉得自己挺年轻的，不想三十岁过后，各种初老症状都开始出现。

以前熬夜唱歌，第二天跟没事人一样，现在熬夜一天，几天都回不过神来；生了孩子后，本来就不多的头发也越来越少了，很担心会不会变成秃顶；以前喜欢自拍，现在对着镜头，似乎再也没有少女气息，努力摆出的笑容总感觉有些僵硬；运动力也跟不上了，动不动就气喘吁吁；记忆力似乎也在慢慢下降，有时一段文字需要背诵许久，还可能隔天就忘了十之八九。

过去总说"女人三十豆腐渣"，现在虽不至于这么严重，但不得不承认，三十岁后精力确实大不如前。女人，一定得注重身心保养，保持良好的生活方式，让自己各项机能运转有序。

分享几个亲测有效的小习惯，希望对你有用：

1 保证充足的睡眠

网络中曾戏说当代人是"敷着最贵的面膜，熬着最深的夜"。殊不知不认真睡觉，再贵的面膜也救不了憔悴的面容。

睡眠就是最好的美容，早睡早起，睡足七小时以上。睡觉前，泡热水脚、做简单的运动、听一小段柔和的音乐，让自己快速进入梦乡。睡眠好，人的状态才会好。

记得奶奶在世的时候常说，老了晚上经常睡不着，深夜里也经常醒着。睡眠好不好，直观反映着一个人的健康状况，三十岁后，要认真对待睡眠。

2 月经期要注意保暖和休息

因为我是痛经体质，所以这方面一定得说一说。

我痛经一方面是遗传的原因，我妈妈就是痛经；一方面也跟月经期不注意保暖和休息有关。

上初中的时候，环境差，根本没有热水，月经期也使用冷水；老师没有意识，自己胆子小，月经期还坚持上体育课，参加跑步和有运动强度的锻炼。

后来痛经就开始严重了，每到那几天简直就是噩梦般的记忆，呕吐、全身冰凉、肚子剧疼、浑身无力、虚汗淋漓。

到了高中和大学阶段，每次月经期，几乎都需要请假一天，在宿舍里躺着休息。

后来吃了一些调理的药物，也开始注重保暖，带暖水瓶、贴暖身贴，还喝热乎乎的红糖水；运动方面，也不再傻傻地拖着病体参加，所以这几年来情况有所改善。

月经是女性身体健康的晴雨表，所以，女孩子一定要注意。

3 认真清洁面部

以前只要忙起来，胡乱洗把脸就开启新的一天，这样的结果是皮肤暗淡，看起来整个人状态很差。

现在，我习惯每天早晨早一点儿起床，到盥洗室接好温水，将洗面奶挤到打泡网上打出泡沫，然后将泡沫在脸上充分按摩，最后再用温水洗净。美好的一天，从淡淡香味的洗面奶开始。

因为这个小小的仪式，让早晨的时光变得从容，皮肤好了，整个早上的状态都好起来。

4 饮食清淡，喝养生粥

吃麻辣脆爽的食物，就是过了口瘾，但是接下来就可能冒痘痘、拉肚子。

养生，还需要饮食清淡，煲粥应该是最适宜的了。

排骨莲藕、牛骨萝卜，搭配米饭，喷香诱人；银耳莲子粥、柏子仁粥、绿豆粥、八宝粥，甜糯可口。

重要的是口感好，还养胃，有助于身体健康，老少皆宜。

小结：

几个小方法，让我们对抗初老，保持良好精力。

我是陶子，希望你做个幸福女生。

你值得拥有更舒心的人际关系

在生活中，我们不可避免地与他人产生联系，亲人、朋友、同事、恋人，或者店铺老板、路人甲。

人际关系纷繁复杂，如何才能处理好人际关系呢？学生时代，遇到困难求助老师。等我变成中年人，依旧觉得人际关系不简单时，我已无人可求。

不知道大家有没有这样的感受，想与所有人和睦相处，但总会与某个人不合拍，总会遇到不喜欢的人。有时闲聊都差点儿变成辩论会，总是在各种人际关系中内耗。

分享三个方法，希望我们都能拥有舒心的人际关系。

1 不要在人际关系里内耗

不管亲情、友情、爱情，总是让你患得患失、伤心难过的，就趁早断舍离。不要在人际关系里内耗，你的精力值得放在更有价值的事情上。

有人将你视若珍宝，就有人将你弃之如敝屣。你的善良，要放在懂得珍惜你的人那里。爱你的人生怕给你的不够多，不爱你的人对付出斤斤计较。

对于消耗型的人际关系，勇敢地离开吧，告别错的才能与对的相逢。

2 把舒服的关系留在身边

近几年来，"人脉"这个词语很火，大家都拼命地想多认识人，朋友圈多加人。

然而，多少人感叹，通讯录里几百人，却不知道打给谁。真正能够懂得自己的人没有几个，不适合自己的圈子不必强行融入。

那种在一起抱怨、讲东家长西家短的朋友就断舍离吧；那种没有几句实话，玩虚假的朋友就算了吧。

到了一定的年龄，只想把舒服的关系留在身边。朋友不必多，不必讨好，在一起要舒服，要有话聊，能共同成长。

不舒服的关系，低质量的社交，请勇敢断舍离。

3 独立，是社交里最重要的法则

独立与社交并不相悖，独立自信的人，更能选择适合自己的社交。

很多人并不能很好地陪伴自己，害怕孤独寂寞，哪怕是不适合自己的关系也要进入，觉得总比一个人好。这样就很容易讨好他人，受到伤害，周而复始地进入消耗型关系。

你能够享受独处，你就能知道什么是自己真正需要的，才更有可能获得高质量的社交。

因为你懂得爱自己，相信自己值得珍惜和爱护，不惧怕不值得的人离去，这份笃定反而能够使你找到真正属于自己的高效社交。

小结：

如果你拥有正确的三观，努力、善良、向上，那么请你相信自己，你值得拥有美好的一切。

如果你不被在乎，被嘲笑、打击、无视，不过是因为你还没有遇到适合自己的关系。谁不曾在年少时讨好和委屈，只是随着年龄增长，我们会发现真正好的关系是舒服的。

　　人生短暂，你要把生活调回自己喜欢的频道，不喜欢的人与物就远离，别人说什么都不重要，重要的是你要有一颗坚守自我的心。

　　好的人际关系，一定是锦上添花，让你心情愉悦，感觉温暖幸福，越来越好的。

　　相信我，那种让你伤心、难过，充满自我怀疑的关系，不要也罢。你最珍贵，配得上世间美好的一切！

六个好习惯，坚持你就会成功！

每个人内心都想自己变得越来越好，但为什么大多数人依然过着潦草的生活。大家都过高地估计变好的难度，既然很难，那不如不做。

其实变得更好，我们往往只需要从几个微习惯开始改变，能够坚持做，那么你就走在了成功的路上。

今天，就给大家分享几个微习惯。

1 列计划的习惯

"凡事预则立，不预则废"，制订计划非常重要。

可以练习制订日清单、周清单、月清单、年清单，把要做的事情认真地列出来，依次去解决。制订计划可以让我们有条不紊地做事情，清晰地看到任务的完成情况。

很多时候，没有列计划习惯的人，做事情往往没有章法，出现丢三落四的情况。

养成凡事列计划的习惯，可以最大程度地让代办事项可视化，网络中说"写下来的梦想更容易实现"。

试一试吧，列计划让自己的生活条理清晰，清楚自己真正想要的是什么。

2 阅读输入的习惯

一个人一定不能停止阅读，通过阅读实现和智者的对话，提升自己的思维。

一个人不阅读，他的认知只能由周围的人来决定。于是，哪怕一些错的观念，都会在家族间延续。

而通过阅读，我们可以获取人类思想的精华，从而更好地指导生活。阅读对于人生的完善起着重要作用，能更深刻地理解世界。

不然，就算你走遍世界，也不会有太大的成长，因为你浅显的思维决定了你不能有更深刻的体悟。

3 写作输出的习惯

写作是提升自己思考能力、逻辑能力的重要方式。

在全民写作的今天，已经有无数的人验证了写作的神奇。你可以试着每天写一写，一段时间后就可以明显感觉到成长。

写作也是锻炼思考能力最好的方式，有时候在头脑里越想越乱，但是用笔书写出来就会变得清晰。

能坚持写的人，一般三到五年就能看到明显的提升，甚至是阶层跃迁。

4 享受独处的习惯

最近一个亲戚，生活过得很不顺利，听她说了很久，最核心的点就是"她太孤独了，没有说话的人"。

我忽然想起自己几年前的模样，也是每天被孤单包围，刷手机，有时甚至是一遍一遍翻通讯录，看看可以和谁聊一聊，却根本不知可以找谁了，本应该青春飞扬的日子，被我过得每一分每一秒都在煎熬。

不能享受独处，需要别人陪伴可能是大家的共性，可是这样自己的快乐也就只能建立在别人的回应上。

后来，我开始阅读和写作，在网络上结交了更多的朋友，大家一起分享写作心得。如今，我再也没有被孤单吞噬的感觉，而是认真利用独处的时间阅读、写作，收获满满。

5　肯定自己的习惯

从小，我们就被教育要谦虚，要多找自己的缺点。本身谦虚是好事，但是如果长期否定自己，那么很可能变得不自信。

自己根本没有那么差，不要总是自我否定，应该多找找自己的优点。

比如我就比较认真仔细，喜欢阅读写作，没有任何不良嗜好，自律向上。

每个人只要你愿意寻找身上的优点，一定可以找到，肯定自己的人幸福感更强，也更容易获得成功。

6　持之以恒的习惯

不管决定做什么，能坚持到底的人很少。

比如我写作一年多，遇到了很多人，曾经豪情满怀誓要写出名堂。可是，随着时间的流逝，大多数人消失了，每个群都只有少数人在坚持。

写作路上"剩者为王"，能长期坚持，你离成功就不远了。

手机粘在手上？用这几件小事摘掉它

假期在家，除了过节享受团圆，玩手机的时间也明显增加了。手机就像被粘在手上一样，一打开就放不下来，几个小时在不经意间悄然过去。

而当我关闭手机却感觉空落落的，看过的视频也变得模糊，刚才的欢愉仿佛是一场梦。心里充满了负罪感，想着明天一定要减少手机使用时间，但是第二天却又被手机偷走了时间。

我时常给大家分享自己在写作上的自律，但是对手机使用却没有办法克服。

最近我想，很多事情的底层逻辑是一样的，对手机上瘾，可能是因为我没有认真分析过这件事情。

今天我要给喜欢手机的自己订几条使用规则，希望我们一起做手机的主人。我们刷手机，有的时候是为了放松，但是好多时候还是因为生活乏味无聊。

让自己的生活丰富起来，找一些可以代替刷手机的事情。

1 整理房间

当我们打扫的时候，就必须要放下手机。

当我们手拿抹布把桌椅擦拭干净，用拖把将地板拖得锃亮，用双手折叠衣服，把物品摆放整齐时，不但摆脱了手机，而且收获了温馨小屋。

刷完手机只有空落落的心和昏疼的大脑，而打扫后神清气爽，还收获了整洁的居所。

2 出门运动

像我一样没有运动习惯的朋友，一开始强度不用太大。

可以是在家附近散散步，看看周围的风景，老家旁边可以看周围的菜园，乡间道路。

城里小区可以看绿植，别人家整洁的小院子。

甚至只是去逛超市，看货架上琳琅满目的商品。鲜活的水产品，新鲜的水果……

每一次都特别治愈，感慨今天物资的丰富和生活的便捷。

无需带手机，所有物品都真实可触，远比屏幕里来得真切。

3 陪伴孩子

我家宝宝刚满四岁，活泼好动。

有一段时间，我沉溺于手机，时常忽略孩子，就连陪在他身边还时不时看看手机。

现在想想，实在是不应该。孩子需要高质量的陪伴，放下手机，用心陪伴他，他能感受母亲的在乎。

今天下冰雹，我和孩子把雪扫起来，孩子高兴得蹦蹦跳跳，才发现，手机无形中偷走了多少快乐时光。

4 看纸质书

看电子书与纸质书，是两种完全不同的感受。

纸质书握在手里的踏实，真实的触感，空气里的墨香，都是电子书给不了的。

端坐于桌前，认真地读几页心仪的文字，是一种特别美妙的感受，踏实心安。

比起视频的浮躁，读几页纸质书可以获得内心的宁静。

小结：

手机世界越来越丰富有趣，但是也让我们很难耐心专注地做一件事。

让我们不玩手机是困难的，可是困难不代表我们完全无法做到，试试慢慢脱离手机的控制，找回自己的人生吧！

希望这几个方法能对你有用，让我们成为手机的主人，一起变自律。

放下手机，你会发现手机外的世界也很精彩。

假期结束，五个方法快速进入工作状态

长长的假期里，有那么一些感到无聊的时候，想假期快点儿结束。可当假期真的进入倒计时，似乎又有点儿舍不得、有点儿不适应。

今天分享几个小方法，愿我们快速进入工作状态。

1 回顾假期生活，做个小总结

假期结束了，可以在脑海里将假期生活像放电影似的回放一遍。这个假期做了哪些事情，有什么收获。

到哪里游玩，见了什么美丽景色；到哪家做客，与许久未见的亲朋共度了怎样的美好时光；学习了什么新技能，品尝了什么美食；自我精进方面有什么进步……

总结一下收获和遗憾，为自己的假期画上一个圆满的句号。

及时总结经验，可以为下一次假期做参考，还可以让自己收心，提醒自己假期已经结束，尽快进入学习状态。

2 调整作息和心态

在假期里生活作息可能很随意，像我经常会晚睡晚起。而进入工作后，作息需要保持规律，生活节奏也会加快。

为了快速进入工作状态，应该在收假前一周左右就开始调节，从假期进入工作学习，需要提前做好心态调整，我环境适应性有点儿差，每次都需要做很长的心理调整。

可以在心里想象开学和开始工作的情景，多回想工作中的乐趣，最好能想到几件具有吸引力的事情，让自己充满期待。

3　对知识进行回顾和整理

说实话，这几天讨论假期结束的话题，主要就是针对假期长到让人羡慕的老师和学生。

老师和学生，都离不开学科知识的准备，假期里是松弛的休息状态，开学之前要做做知识准备。

教师要简单梳理自己这门学科的知识，做好新旧知识衔接，针对学生易遗忘的知识进行课程准备。

学生要及时列思维导图，对各科的知识进行回顾，尽快做好知识准备。

4　制订新阶段的目标和计划

对于教师和学生，制订新阶段的目标和计划很重要。

教师要确定本学期的教学任务和教学进度，对学生的成绩也需要进行大致分析，以便针对性教学。

学生应该分析自己的各个科目，确定自己的优势和弱势科目，可以简单写写自己各科目的学习计划。

目标计划一定要切实可行，不要好高骛远。

有了目标指引，可以更好进入工作学习的状态。

小结：

通过这几个小方法，我们将能以更饱满的姿态进入工作学习阶段。

假期我们一定收获了许多，也一定还有许多遗憾。结束前的小调节，既能帮助我们总结回顾，还能培养我们的计划能力。

对人生阶段进行复盘有利于成长，而假期就是一个小小的阶段，进行复盘总结，让我们一起变得更好。

分享几个好用的学习方法

研究表明，大部分人的智商相差并不大，造成差距的原因是学习力的强弱。

培养正确的学习方法，读书时可以取得好成绩，工作后更容易脱颖而出，更容易在如今的自媒体做出成果。

正确的方法，让我们在每个人生阶段，轻松实现事半功倍，取得自己满意的成绩。

今天，就给大家分享平时我自己使用的学习方法，希望对你有用。

1 勤做总结整理，好记性不如烂笔头

大量需要记忆的内容，如果没有整理归纳出层次，很难记下来，记下后也很容易遗忘。

此时我们需要一张纸和一支笔，将内容的层次先梳理出来，然后再将细小的知识点填充进去。

记忆的时候，先记框架，对内容的整体有个大致的把握，然后才是细小知识点的记忆。

这样从大到小，将庞大的知识点层次化，让知识清晰明了，容易记忆。一遍遍用纸笔梳理，最终形成永久记忆。

2　使用荧光笔，用颜色来加强记忆

其实，以前我在这个方面做得挺不好，总是将所有的内容都打上横线，到回顾的时候完全看不出重点。

后来习惯用荧光笔将重点词句画下来，打开笔记，目光首先就被重难点吸引了。

颜色法增加了学习的趣味性，将内容变得图文并茂，为学习增添了乐趣。

最近看到很多人热衷做手账，将知识变得条理清晰又可爱，制作的过程应该是一件幸福的事。

3　制作知识卡片，随时随地记忆

这个方法更适合于学生党，将英语单词、公式等知识点写在卡片上随身带着。

排队、睡前、等舍友的空档，就拿出来看看，反复许多次，就记得很牢靠了。

当然我们大多数人可以将卡片变成手机里的电子卡片，像一些写作者用来收集记忆素材。

4　把学会的知识教给别人

费曼学习法的核心，是把复杂的知识简单化，以教代学，让输出倒逼输入。

该学习法认为输出就是最强大的学习力，能不卡壳复述学习内容，才是学会；把复杂的知识简单化，认为把高深的知识用平实的话说出来，才是学透。

看一本书、听一节音频，一定要用笔记录下重点，并且试着把内容的精华讲出来，当你可以用自己的语言阐述一遍学到的新知识，那就真正掌握了。

当然，如果不是老师，很少有说给别人听的机会，可以采取对着镜子说一遍或者录视频的方法。

还有一个很有用的方法，就是写作，学习新知识以后，及时写成读后感，对知识的理解有很大的帮助。

小结：

学生时代的学习压力自不必说，各种需要记忆的知识和检测性的考试。工作之后，只要不想妥协于眼下的人生，也会有很多学习压力。

学习给我们的人生带来力量，为我们平淡甚至乏味的生活打开一扇崭新的窗户。

培养超强学习力，希望我们都成为人群中那个闪亮的存在。

让你人生开挂的五条建议

现在自媒体领域涌现出很多优秀的人，一些二十多岁小姑娘对世界就理解得深刻透彻，每次读她们的文章都有醍醐灌顶之感。

而我本身成长断续，又一直生活在相对单纯的环境里，很多道理都是撞了南墙才一点儿一点儿悟出来的。

三十多岁才开始觉醒，相比于很多人已经落后，但是没关系啊，当下就是最适合改变的时刻。曾国藩从三十多岁才开始复盘，从此步入仕途高光。

以前没有想透做好的事情，那就从现在开始做起。不管是二十岁、三十岁、四十岁……有成长的念头，就已经走在了成长的路上。

1 清晰地知道自己想要什么

我们经常被长辈告诫，"你看看自己几岁了，不要再有不切实际的念头。"

于是，我们过着平凡的居家生活，不敢再有梦想，三十岁后只能过一眼望到头的日子。不断打压自己内心的渴望，无数人的梦想最后都成了空想，甚至早已失去做梦的能力。

吸引力法则告诉我们，如果真的想要什么东西，就大声告诉宇宙，整个世界都会帮助你的。

你必须首先清楚自己想要的是什么，不然就算手里拿着阿拉丁神灯，它也无法帮助你。

想清楚自己想要什么很重要，许多人一辈子浑浑噩噩，根本不知道自己真正想要的是什么。

2 能够坚持一项有益的爱好

有益爱好，就是坚持的过程是受到约束的，比如跑步、练字、阅读、写作、早起……但是做完后有一种回甘的感觉。

而无益爱好做起来很轻松快乐，比如打游戏、刷视频、看肥皂剧、熬夜……但是做完之后是颓废和空虚的。

到了一定的年龄，我们要培养自己的有益爱好，为自己的人生增值。

虽然坚持的过程或许有约束，但是长期坚持，可以产生复利，推动人生正向变化。

3 懂得为生活储存备用金

小时候看童话故事，总觉得金钱就是万恶之源。

长大了才知道，金钱是生活的保障，大多数人很难脱离物质谈幸福。

二十几岁，可能还不太能理解金钱的重要；三十岁后，生活会呈现赤裸裸的真相。

尤其是近几年，身边的几个熟人因为经济问题陷入危机，让我意识到金钱的重要。

俗话说，"你不理财，财不理你"。

最初理财，我们可以不用太复杂，就做到每个月工资拿到手，先存下 10%—20%，一年以后累积的金额会让你感到惊讶。

手头有备用金，生活就有底气。尤其女孩，这是你拥有话语权的筹码。

4　与过去和解

如果我们总是沉溺过去，不但消耗精力，也无法拥有美好的未来。

你把过去抱得太紧，怎么能拥抱未来？

无论你在成长过程中受到过怎样的伤害，抑或是被无视、被打击。这些通通已经过去了，你要做的是放下，总结经验教训，拥抱受伤的自己，然后庆幸自己还能掌控明天。

忘掉一切不愉快的事情，从现在开始去追求你想要的东西，人生很长，放下心事才能不断往前走。

5　想到的事情立刻去做

想到的事情立刻去做，不然很可能要拖延很久，或者干脆就不会做了。

想运动就立刻跑起来啊，哪怕做个下蹲也行；想写作就立刻拿来纸笔啊，哪怕写下一百字也是开始；想打扫房间就拿起扫帚啊，哪怕只扫几分钟也可以。

其实很多事并不难，难的是你只是想想却不曾行动。

想到就立刻去做，坚持一段时间，你会惊讶自己的改变。

小结：

因为各种原因，我们到了一定的年龄，却并没有成熟起来。

没关系的，现在觉醒也不迟，总好过一辈子都没有觉醒的人吧。

不管几岁，只要开始觉醒，一定可以开挂，过肆意洒脱的人生！

分享二十四个微习惯，祝你活力满满迎接新学期

俗话说，"一年之计在于春，一日之计在于晨"。开端，总意味着一种新的开始。

于是新学期，也被赋予了更多的意义，是否能以饱满的精神开始，往往对接下来一个学期会有很大的影响。许多事情都一样，如果开头就懒散对待，那么后面就很难顺利进行，即便纠正也要耗费大量的精力。

如果一开始就养成好的微习惯，后面几乎不会慵懒颓废，毕竟优秀是会上瘾的。

今天就给大家分享几个新学期要养成的微习惯，望你在新旅途不慌乱。

1　心理准备

第一，把在假期放飞的心收回来，做好回归学习的准备；

第二，树立必胜的信心，畏难心理是学习上的拦路虎；

第三，克服紧张心理，尽快适应集体生活；

第四，快速集中精力，不让自己受外界干扰。

2　身体调整

第一，作息调节，从假期比较散漫的状态，到适应学校的规律作息；

第二，感觉疲劳时，可以稍微休息，以适应为主；

第三，讲究科学用脑，不强迫休闲的大脑立刻记忆太多知识点；

第四，运动讲究循序渐进，打开关节后再运动，注意运动的强度不宜过大。

3 生活用品准备

第一，收拾整理好自己的温馨小床，铺好干净的被褥；

第二，带好需要的衣服，整齐摆放在箱子或者衣柜中；

第三，准备好干净的运动鞋，鞋子是一个人细节的体现；

第四，准备好柔软的毛巾、纳米牙刷、木梳，牙膏、洗发露、沐浴露、洗面奶。

4 学习用品准备

第一，准备好新的笔记本、练习本；

第二，准备好三色中性笔、铅笔、荧光笔，方便做笔记时标注要点；

第三，准备好便笺纸，方便列计划或者补充知识点；

第四，准备好文件袋、试卷夹、回形针等方便收纳试卷的工具。

5 人际交往

第一，与同学分享假期见闻，营造良好的心理氛围；

第二，主动完成宿舍、教室的清洁工作，为他人提供力所能及的帮助；

第三，多发现别人的优点，多赞美他人；

第四，控制自己的情绪，尊重他人的感受；

6　知识储备

第一，课前翻阅每个科目的目录，回想整本教材体系；

第二，和同桌进行互教互学，促进知识回想；

第三，查看上学期整理的笔记，更好理解学习内容；

第四，紧跟老师节奏，做好预习和新旧知识衔接。

小结：

这二十四个微习惯，是陶子认真总结的，希望对你有用。

新学期往往意味着新的开始，让我们元气满满地迎接吧。

谁能迅速进入状态，谁就能以更快的速度接近自己的目标，希望这些微习惯可以帮助你做好开学准备，赢在起跑线上。

让生活变明亮的几个小习惯

新的一年，要有崭新的模样。不管过去有过怎样的不愉快，经历了多少生活的艰辛，都希望在新的一年往事清零。

开端，往往被人们寄予深切的期望。就像大年初一早上喝米花茶，期待一年到头甜甜蜜蜜。

决定出发就解决了出行路上最艰难的一步，决定改变的时候就解决了生活变美好的第一步。一样的生活，不一样的心境，可能会拥有完全不同的人生体验。

在年味还未散去的今天，想给大家分享几个小习惯，愿大家在新的一年变得明亮有趣。

1 坚持正面思考，多感恩自己拥有的

熟悉我的朋友都知道，我有过很多不美好的回忆，偶尔也会在文章里感叹人生艰难。但是生活还在继续呀，难过也是一天，开心也是一天，何不开开心心度过呢？

生活、工作都算不上顺利，时不时会遇到些糟心事。成长路上的不完美，内心时常需要治愈。

而我，之所以能够大部分时候保持正能量，陷入不良情绪也能很快调节自我，大概就是能时常想想自己所拥有的吧。

无论怎样苦涩的生活里，用心体会总能寻到一丝丝甜。

比如，虽然工作不算顺利，但是至少稳定，不用担心朝不保夕，不用风吹雨淋；生活也遇到了很大的糟心事，但是有稳定的经济后盾，足够支撑我过相对得体的生活；虽然时常有小感冒，但是没有大病，身体健康。

这样一想，实在应该珍惜当下拥有的一切，要更快乐，让日子明朗。

2　保持热爱，经常做感兴趣的事

爱好可抵岁月悠长。保持一项兴趣，就像拥有人生的避难所。

写作是我坚持许多年的爱好，与文字相伴的时光是美好的，它让我无数次地感叹人生值得。

每当我不开心的时候，都会把这些心情用文字记录下来。

把自己所受到的不公的待遇、体验到的人生困苦都写下来，边写边流泪，当我停笔的时候，心情也疏解得差不多了。

当然，我更喜欢写快乐的事，毕竟，美好的东西，才更能唤醒内心的美。

通过写作，治愈伤痛，留住美好，让日子明亮起来。

3　把居所装点得温馨一些

现代人每天外出工作，职场中已经够辛苦和疲惫了，而家的意义就是让身心放松。

尽量把家收拾得温馨，会很大程度改善自己的生活质量。

把家装扮成自己喜欢的样子，餐桌上铺上自己喜欢的桌布，准备好自己喜欢的餐具；桌子上放上花瓶，瓶子里插上鲜花；准备一个小小的书柜，把喜欢的书整齐的排放在上面；卧室的大床上，选择质地柔软的被褥，让自己在每天的睡眠里得到充分放松。

南方没有暖气，我的屋子里准备了暖风机，外面再冷，小屋子里也是暖融融的春天。

即便心情再沮丧，想到那个温暖美好的小屋子，眼角眉梢就会带着笑意。

小结：

几个小改变，可能很好地改善自己的生活，让日子明亮起来。

人生短暂，不要把时间浪费在沮丧失意里，而应该主动创造美好的生活，留住每一次欢愉。

生活是自己的，愿我们不负好时光！

第六章　平凡的日子也可以让人欢腾

秋天的第一杯奶茶，你喝了没？

1

今天是假期里特别平凡的一天，没有想到下午的时候整个朋友圈被"秋天的第一杯奶茶"给刷屏了。

这个梗是去年流行起来的，时间是秋分，在秋意渐浓的时候，有网友在网上晒聊天记录，有人给她发五十二元的红包，说请她喝秋天的第一杯奶茶。

因为感觉温暖、甜蜜，之后大家纷纷效仿，给自己喜欢的人发秋天第一杯奶茶的红包。像是某个空降的仪式感，和端午要吃粽子，入冬要吃饺子一样。

没想到今年这波奶茶温暖提早到了立秋，大家炫幸福、炫温暖、炫甜蜜……都是幸福快乐的人间精灵。

2

这猝不及防的秋日仪式感看得我一脸蒙，这几天天气晴好、烈日炎炎，完全一派盛夏作风，宝宝甚至穿上了整个雨季都没有机会穿的短袖。

昨天还和家人们讨论院子里的两棵桂花怎的还没有开，心里想着大概秋天还有点儿远吧。

暑气未消、桂花未香、梧桐未黄……一切都还没有散发秋天的味道，如果没有这波始料未及的朋友圈浪漫，迟钝的我大概还不知道秋的到来。

仿佛在大家热闹的簇拥中，忽地就跨入了秋的大门。

现在生活水平提高了，人们越来越重视"仪式感"，各种节日、纪念日都会有点儿新意，如今在一个季节的开端，也稍微加点儿甜蜜。提醒大家要记得生活中有那么一些日子要认真对待，要记得牵挂的人。一杯奶茶，表达了人们之间的牵挂，传递着温暖。

也有很多朋友是给自己买奶茶，在特定的日子给自己一点儿小小的犒赏，一份记得爱自己的提醒。

3

因为这杯奶茶的特别含义，即便我们不喜欢甜品，能捧在手心里也是暖融融的。工作的繁忙、家务的琐碎，我们太需要一些爱的提醒，太需要一些美好时刻。

不要觉得都是商家的营销，把金钱花费在正确的地方就是值得的。

日日劳累辛苦，有那么几个温馨的画面，回忆起来也是暖暖的。告诉我们不管天热天凉，不管冬来春往，都有值得放在心上的人，都有人把你放在心上。

秋天的第一杯奶茶，秋天的第一口甜点，秋天的第一次拥抱，秋天的第一次踏青……就算是小小的事情，也可以增加仪式感。

秋天里的第一次，它代表一份温暖，也代表一份爱。它包含浓浓的思念，也包含炽热的情感。

秋天已经悄悄来到，在立秋的日子，秋凉不见，暖上心头。

4

无论在哪个时节，享受当下，就是最佳。

还没有喝上秋天的第一杯奶茶，但心里是快乐的，因为生活中还有很多美好，比秋天的第一杯奶茶更值得期待。

奶茶只是一种形式，并非一定要喝，拥有对生活的热爱才是最重要的。

即便只是提醒自己已经入秋，写下几行纪念的文字，或者在一家人的餐桌加上一个小菜，都可以作为独特的仪式。

所有的季节里最喜欢秋天，不太热也不太冷，一切都刚刚好。

秋天还意味着收获，大自然也色彩丰富，变成天然的调色板。而我们也可以拥有更多的期待，祝大家秋天快乐，天天快乐！

平凡的日子也可以让人欢腾

记得曾经看到过这样一段文字：每一天清晨都是上天的邀请，生活跟大自然一样简单，内心像发现新大陆一样欢腾。即便现实的世界让你焦灼，你应仰视它，如同仰望黑夜里的繁星。

这个中秋我们带着孩子回家，感受田园美丽，家庭温馨，原来平凡的日子也可以叫人欢腾。

家门口一株粟米，火红饱满，像极了这几天火热的阳光，也似乎让人看到了收获。每次出门总能望见这醒目的红色，深深感受到秋的热情。

地里的瓜开始成熟，都是爸爸亲手栽种的纯天然阳光菜蔬，每次回家都可以体验采摘的快乐。不同于大商场的喧闹，田园菜蔬更能让我们体会生活的简单美好。

自己家种的玉米，玉米棒子已经收获，剩下还没有打理的玉米秆矗立在那里，别具美感。从幼苗到枯黄的杆，父亲见证植物的成长，植物也见证父亲的辛劳和收获。

中秋节的饭菜，尽量用心做几个家常菜，一家人聊聊生活工作，也是难得的相聚。晚上祭月礼，摆上月饼和水果，点蜡烛、上香，祈求一家人的平安。中秋佳节，月圆人团圆，也是平凡生活里的小确信。

一家人或许就是在一起吃很多顿饭，过许多个节日，拥有许多共同的记忆。平凡却美好的日子，给了我们拼搏的底气和精神的慰藉。

最幸运的莫过于思念的人都在身边，到了这个年岁，尘世里的幸福让我从心底里感觉踏实。

人生那么短，一定要有趣一点儿

1

有的朋友已经长久不联系，但是每次看到她们的朋友圈总能获得一些新的启示。她们身上的活力和生活的丰富，让你觉得自己如果不设法把生活过有趣都是对时间的一种浪费。

她们总是能带来惊喜的，又旅行去了新的城市，参加了某个读书会，品尝了一种新的美食，找到一个有趣的店铺……总之惊喜满满。

我与朋友们相约见面，迫不及待与她们分享近期的生活。每一次聊完都足以让我反思自己，不应该让自己局限在某个小小的角落里。

朋友们的这份有趣，让我每次在朋友圈看到的时候，心里都热血沸腾着，我也应该去做点儿什么有趣的事。

2

好久没有去的步行街换了新的模样，多了几家装修精致的店铺。

这几年除了上班就是带孩子，现在孩子大了一点儿，逛街都能生出"到乡翻似烂柯人"的感觉。如今的自己对于很多事物都是陌生的，似乎与这个世界已经开始脱节。

坐在车里看着窗外的景致，思绪万千，我主动地把自己限制在小小的范围里，缺乏新的见闻感受，生活犹如一潭死水。

我的世界因着单一的生活而缩小成几十平方米，有时会莫名其妙的难受，又继续自我安慰着，日复一日。

那些曾经的梦想，闪亮亮的还在心头，自己当真不为此再做一点儿改变吗？

3

太阳底下并无新鲜事，有的人生活成了一潭死水，而另一些人让生命中的每一天都热切充实。

别人丰富多样的经历，成为我那些迷茫又无知的日子里的光亮，它让我的向往变得清晰，让我知道人生还有未曾体验过的更广阔的纬度。

正是这些朋友的存在，提醒着我们不要放弃自己的生活，努力地探寻生活的意义才是我们应该做的。

我也开始阅读、写作、旅行，世界一点点变得美好。

一个人的生活怎么样，最终还是由自己来决定。我们现在是人群中黯淡无光的灰姑娘，但是却没有王子来拯救，只能自己努力变成公主。

我也渐渐懂得：我们需要一点点把自己的世界构筑得宽广，在那其中活出浓烈而精彩的人生，才是不能被时光夺走的永恒快乐。

4

每过一段时间，就会向自己发出灵魂之问，引导自己思考生活。

或许是因为现在的生活还不是我理想的模样，所以我彷徨、无助，更思考怎样改变。

有的时候悲观失望，但只要想到还有那么多的美景没有看，那么多有趣的事没有做，软绵绵的肩头就有了一丝力量。

人生那么短，一定要更有趣一点儿，才不会留有遗憾。

尽量让生活丰富起来，让自己活过的日子都变成亮闪闪的珍珠，陪伴我们度过那些人生的低谷。

有趣的人，一定是热爱生活的人。愿我们在余生，都能热爱生活，发现生活的有趣，把每一天都过成人生的限量版。

周末时光不浪费，多感受世界的丰富

出去走走，生活总会给你些惊喜的。

孩子马上四岁了，第一次带他坐了客运车，带他去看看外面的世界，也让自己呼吸一下新鲜空气。

北岛的《青灯》里有一句话："一个人行走的范围，就是他的世界。"在自己能力范围内，还是尽量拓宽能活动的范围，多见识世界的丰富性。

现在记录这个周末的几个小片段。

1

去吃了自助餐，宝宝对餐厅里玻璃缸里游来游去的鱼最感兴趣。

吃了炒面、水果、螃蟹、冰淇淋、粉丝扇贝，宝最喜欢炒面，味道都还不错。这家自助餐位于县城的财富中心，除了吃东西，其他的玩乐设施也很齐全。

去好一点儿的餐馆里吃饭，除了吃饭，最重要的是一种精神上的愉悦，比如整洁的环境、透亮的落地窗、色泽搭配和谐的桌椅、轻柔的音乐。

还有新鲜美味的食物，种类多样，当美味的食物装在厚实白瓷盘里，我可以优雅地坐于桌前慢慢享用，忽然感觉平日里的辛苦是值得的。我们每日辛苦工作，不就是为了能够心无旁骛地享用一顿精致的晚餐吗？

这是给自己的犒赏，也是让孩子体会与平常不同的生活，感受周末的丰富。

2

听闻县城里已经有书院，特地带着宝宝去寻找。几次擦肩而过后终于找到入口——一个小小的并不起眼的门。

布置得很精致，只是大周末的居然一个人也没有，灯也没有开，工作人员也不见。我们到的时候是下午四点多，应该正是活跃时段。不得不承认，纸质书籍没落了，爱看书的人比例真的很少。

为了寻找书院，询问了好几个周围店铺的老板，都告诉我们从未听说过。纸质书籍的没落、电子书的流行，大概真的是一种趋势。

像我这样纸质书籍的忠实粉丝还是感到一丝失落，毕竟纸质书真实的触感，是电子书给不了的。

只希望大伙真的只是转为看电子书，而不是不再看书。

3

去一家饮品店，在当地算是小有名气。中午时分客人很少，只有我和宝宝两人。

店里的各种装潢都很赞，音乐显得有点儿吵闹。等了很久没有人来上菜谱，点了呼叫，才知道已经用手机点餐付费。我真的是有足够长的时间没有出来了。

不知是不是客人太少的缘故，几个年轻的店员一直在那边打闹，没有什么顾忌的样子。上餐的时候端上来放下就走，并没有说"祝您用餐愉快"。

我们离开的时候，几个店员依旧在打闹中，似乎并不在意我们离开，也没有说那句"欢迎下次光临，请慢走"。

虽然味道还可，但是店员这般敷衍的态度，心里终究有点儿不舒服。

都说现在实体店的生意难做，那不是更应该用心服务好每一位客人，留住回头客吗？

我看许多店家越艰难，反倒是越随意起来，大约是用一种看似洒脱的态度来面对存在的危机。

小感悟：

出去走走，会见到各种人和事，感受世界的丰富性，好的坏的都是经历。事实证明，真的不能总是待在屋子里，坏情绪容易找上来。

谁的生活不是喜忧参半？

这一段时间，不知怎的老是内耗，反反复复，头顶乌云密布。

终于意识到这样不行，我必须改变自己关注的东西，也许，因为沉溺于坏情绪我忽略了美好。

想想谁的生活不是喜忧参半呢，关键是我们怎样理解。

1

生活就像现在的大数据，你关注什么，资讯就会给你推送什么。

当我总是沉寂于伤痛的时候，那些不好的回忆接踵而至；而当我试图寻找一些美好的时候，发现美好的事物也不少。

就如故事里说的一样，从同样的窗口望出去，看到泥泞满地还是满天繁星，取决于你。

生活始终是要往前看，与过去和解吧，未来还很长。

生活中一定不缺美好的人和事，多想想你遇到的美好，给自己一个美好的磁场。

2

多关注美好的事物，让自己变得乐观一些。

哪怕在最低落的时刻，也会夹杂着一些小美好，请放大它们，温暖自己的人生。

"五一"的时候进行了一段亲子游，带着宝贝到茶园体验采茶的乐趣，茶树上正冒出嫩绿的叶子，宝贝很是开心。提着小篮子的宝宝，对世界多了一种记忆。

第一次带宝宝到咖啡屋，其实我并不是很喜欢喝咖啡，但是很喜欢咖啡屋的环境。安静、整洁、有格调，落地窗干净透亮，放着舒缓的音乐，端坐在沙发上，轻轻抿一口奶香咖啡，会感到生活如此美好。

咖啡屋的二楼挂满了摄影作品，在明暗的光影下显得很有艺术感。一个小书架，整整齐齐地放着书籍。

我们都说环境育人，带孩子多看看美好的地方，只有见过真的美好，未来才知道努力的方向。

我深信，在书籍和整洁环境里长大的孩子，更能创造美好的未来。他知道好是什么模样，优雅是什么模样，就不会沉溺于低级的爱好。

小结：

生活就是这样，喜忧参半，有苦有甜。

不能总是盯着苦涩，犹如喝咖啡，太苦，就自己加一块方糖。

生活就是自己眼中的模样，过去的已经无法改变，那么就认真书写自己的未来吧。

我是孩子的母亲，认真做一个母亲，不让他受自己受过的苦。我的觉醒，希望能给这个小生命打上温暖的人生底色！

与司莫拉的初相识

1

提起司莫拉，大家一定不陌生吧，那个幸福的佤族村寨。

在习主席到访之前我与许多人一样并不知道司莫拉佤族寨的存在。后来我看了很多亲戚朋友去参观的照片，内心里是向往的，但是因为各种原因一直未能如愿。

这个假期恰好带宝宝在城区，遂决定带着宝宝去看看，让他从小就接受红色教育的洗礼。

从城区驾车只需要十几分钟就能到达，虽然受到疫情影响，但是入口处的停车场依然停满了车辆。

入门前可以在观景台看风景，视线往下就能看到一幅巨大的由新鲜植物拼成的佤族少女画像，挺震撼的，据说最近很多市民慕名前来打卡。

2

中寨的大门，这个建筑我已经在图片里看过很多次，但看到实物依然觉得壮观。

沿着石板路往上，首先到达的是广场，中间还有搭好的木堆，村民的一些歌舞活动就在这里进行。

再往上就到达了司莫拉民俗馆，门外有佤族木雕，很有特色。正门醒目处挂着牛头骨，是佤族特有的图腾标志。正门外是佤族特有的鼓和鼓棒，很多游人都要手持鼓棒拍照留念。

民俗馆内展出了佤族的纺织品、服装、生活用具等实物，让大家直观地了解佤族的生活习俗。馆内有个模拟的火塘，模拟下面烧火，上面架着水壶。外地人看可能很新奇，我们本地人就觉得亲切。

这不仅是佤族的古老生活，腾冲各地居民也有此习俗，记得小时候回老家，火塘是最热闹的地方，中间燃火烧水煮茶，大家就围坐在火塘边聊天喝茶。

如今生活电气化，又加上烧火不但不环保而且到处熏黑影响美观，火塘也在慢慢退出居民的生活，以后大概真的只能成为博物馆里的展品了。

3

从民俗馆出来，到"样样好卖"小卖铺买了一点儿东西。

之后，我们慢慢地逛着寨里的每个角落，感受民族特色。往回走的时候顺着山路往下，沿途可以看到高大古树，山脚是一个小峡谷，里面有几口清澈的泉水池。

从烈日炎炎下进入这个小峡谷，顿时觉得非常清凉，清澈的泉水里还有鱼在游动，心也静了下来。

4

参观司莫拉的过程中，从每个角落都能体会到少数民族人民的幸福生活。

这里只是全国人民的一个生活缩影，在党中央的领导下，百姓的生活蒸蒸日上，越来越美好。

生在红旗下、长在红旗下的我们，要感念共产党带来的新生活，作为新时代的青年更要努力奋斗，创造更幸福的生活！

停更在 2014 年的 QQ，保存着青春记忆

1

自从有了微信，QQ 已经处于闲置的状态。

照片发在微信朋友圈，心情记录在简书和公众号，QQ 里的说说、日志早就停留在某个久远的日期。

这几天听课，老师说文章要发布到各平台，其中就谈到了 QQ，说QQ 上也有不少流量。我打开 QQ，发现一些朋友仍在倔强地使用，即便浏览量不高，可能是在坚持一种情怀吧。

我翻看自己的相册、日志，遥远的记忆又鲜活起来。就像是被封存起来的某个物品，拍落灰尘，得以重见天日。那些说说、日志，让我想起那些岁月里的心情；相册里的照片，让我重新打量自己青春的脸庞。

久远的记忆打开闸门，一种特别的感觉涌上心头。

2

我们读书时去网吧玩电脑被视为不务学业，我是乖宝宝，高中的时候不敢越雷池一步，上大学后才第一次接触互联网，拥有了自己的 QQ 号。

当时感觉好新鲜，把认识的朋友加了个遍，有空就去微机室上网，找朋友聊天。记得那个时候我写了好多篇日志，收获了好多点赞和评论。

还把自己的照片发到 QQ 相册，给相册取好名字，大多数公开，也有的锁起来成为自己的秘密。

大学时 QQ 是重要的社交工具，班级好多重要的信息都是发在 QQ 群里，我们每天都要登录好多次，生怕错过了某条重要的信息。那个时候，QQ 在生活中占据了很重要的位置。

3

再重要的工具，都敌不过历史车轮滚滚向前。后来有了更方便的微信，QQ 就慢慢地被放在了角落里。

就像以前大家挂 QQ 争着得太阳标志的时候，有段子说，他现在就申请个 QQ，给将来的孩子挂等级，以后要被其他小朋友羡慕死。殊不知，飞速发展的时代，更新换代的频率远超我们的想象，QQ 对现在的孩子已经没有吸引力。

我的日志最终停留在 2014 年，是关于海南旅行的记录。看着自己曾经写下的日志，瞬间想起以前挂太阳的热情。

一页页翻着，像是观看一件易碎的水晶制品，珍贵无比却又异常脆弱。

4

曾经对自己的说说每条必赞的人，已经消失在天涯。相册里与自己亲密拍照的朋友，已经好几年没有见面。

QQ 像是过去岁月的见证者，那年的快乐哀伤、热闹孤独，往事一一浮上心头，情绪的阀门被打开，汹涌热烈。

忽而有点儿不满足，当时要是多拍些照片、多写几段文字该多好。

毕竟那是失去就永不会再重来的时光。很多心情、很多故事没有文字记录，最终只能散落风中。

记得曾经看到这样的文字，只有用心记下来的日子，才是我们真正活过的日子。

QQ 上的文字和照片，串联起我的青春岁月。

5

曾经我以为迷茫是青春期的专利，却不想工作近十年还总是迷茫找不到方向。不甘于平庸，却不知道该往哪里走。

庆幸的是我现在找到了写作这个人生方向，我要用文字记录我的人生故事。我希望有文字相伴的日子能越来越好，我希望到明年总结的时候，我的电子书已经出版，希望在文字的路上越走越远。

用文字保持内心的纯良，不管经历过什么，依然像孩童一样，相信爱并且付出爱。

希望多年以后，我仍然能在心里真诚地跟自己说一句："这么多年，你一点儿都没变。"

村镇里的过年记忆

1

每年春节都是在老家度过，我所有的过年记忆都是关于村镇的。

初一，街上人很少，大多数人都会把手里的活歇歇，我们一家人在农家小院话家常，谈谈过去一年的生活，畅想新的一年。

早晨起来，要喝一杯甜蜜蜜的米花茶，寓意一年到头甜蜜幸福。

早饭的时候，多数人家都会选择吃饵丝，取长长久久之意。

一般都是年三十晚就熬好高汤，我家今年用的是鸭汤。炒好肉末，煮好豌豆菜或者白菜备用。把饵丝先下锅煮熟捞出，浇上鸭汤，放入肉末和豌豆菜，再配一碗水腌菜，美美地吃新年第一餐。

2

下午，热闹的活动是立秋千，一般由上一年有喜事的人家组织搭建、发放糖果等。

立秋千也是祈祷来年五谷丰登、六畜兴旺的重要仪式。

要用稻草扎一个草人称秋神，由德高望重的人把秋神扎上秋千，接下来边推秋神边说着吉祥的祝福语，在秋千前摆上酒、茶和三参祭祀，燃放鞭炮。

礼仪完成后，孩子们就争先恐后地跑上去荡秋千，秋千会持续到正月十六，这里将是孩子们春节期间最喜欢的地方。

3

三十晚上祭祀用糯米，所以，一般都是大年初一才制作八宝饭。每年都要制作一碗，全家一起品尝，甜甜美美的。

昨晚我在朋友圈发了八宝饭的图片，一个亲戚就私信我制作方法。她的工作远在省城，今年不能回家过年，尝试做一点儿家乡的味道，稍解思乡之苦。

我们每个人的乡愁都藏在味蕾里，想家最直接的表达就是想吃家里的饭菜了。

总之，大年初一主要是休息。家里都准备了充足的食物，各种零食饮料不缺。边吃边聊，度过轻松的一天。

4

每个初一，都是一个新的开始，三十多年的人生经历，告诉我传统节日的重要性。

每一年的周而复始，清冷的早晨，起床有压岁钱收，有好吃的东西，有全家人在一起的欢声笑语。正是这样的传统节日，让我们有和亲人一起团聚的时光，一起闲话家常，一起品尝家常小菜。

小的时候，总是羡慕城市的生活，那些张灯结彩，耀眼灯火，精致的饮食和服饰。

长大才知道，自己的根在农村，我们没有精致的碗碟餐具，只有大碗吃肉的热情；我们没有城市的繁华，但是自有亲戚间的温情。

5

　　每一年初一，都意味着一个新的开始。因为去年遇到的种种挫折，所以我在今年也期待得特别多。

　　不管曾经遇到了些什么，都希望新的一年里，能越来越好。愿善良的自己，遇到更多的美好。让今后的每个日子，都可以事事顺意，心想事成。

　　在新的起点，祝愿每个家人都顺顺利利、健健康康，宝宝快乐成长、平安顺遂。

　　愿自己在意的一切都能更上一层楼，新的一年愿有新的收获，愿自己听从自己的内心做出每一个选择，愿自己变成更好的人。

　　最后，也祝所有的朋友，能够心想事成，好运连连！

喜欢落光了叶子的树

1

今天外出交流，最喜欢几株落光了叶子的银杏树，已经有些年头，枝干非常粗壮。

可以想见，这里几个月前曾是一片金黄，展现着秋天里最美丽的色彩，一定曾引得许多人驻足于此，观赏留影。

我其实更喜欢树的枝干，它本身的倩影就是美景。

这里的朋友颇有些遗憾地说，来得不是时候，其实于我，刚刚好，天朗气清，古树有力的枝干在阳光下，本身就是一种极美的视觉体验。落叶的树，呈现出生命的静美。

2

我们总是去追求许多的东西，比如金钱、权力，拼尽全力。

或许得到了一些东西，也许是漂亮的衣服、包包、首饰、化妆品；也许是热闹的人群，呼朋唤友，热闹嘈杂；也许是一举成名，万人簇拥……

或者，我们曾经从这些得到满足，抑或，迷失。

这些东西，于生命来说，真的重要吗？这些是否正如终将离去的树叶，而剩下的犹如苍劲的枝干的东西才是真实。

3

太多的人，总是去追逐许多不重要的东西，而忘记了自己生命中最重要的是什么。这些东西可以让我们有玄幻的幸福，但是只有剩下来的才是生活的本真。

大树的枝干，从不同的角度看有不同的美丽，犹如生命的脉络，梳理着生命的真实。

一个小景，一个小感触，生活处处充满美好。

每个季节都有自己独特的美丽，我们也总能从景物中获得一些思考。于万千风景，感悟人生。

平凡的日子，需要一束光

1

谈到仪式感，最经典的莫过于《小王子》中的经典论述——仪式就是使某一天与其他日子不同，使某一时刻与其他时刻不同。

在日日重复中，就是因为那么一些特别的时刻，把日子点缀得闪闪发光。

看到一个喜欢的作者说，自己养成了买花的习惯。书桌上，每周都会盛开一束小花，品种不一，芬芳各异。它们陪着作者看书、写字、吃零食、追剧。

看到这一段，连我都觉得幸福了起来，平凡的日子，因为一束鲜花的点缀，鲜活了起来。有花陪伴的生活，心情也像花儿一样。

2

这些看似不必要、没有用的事情，就是一束光。生活的无趣、艰辛和彷徨，都被这束光照亮了。

我们带着郑重其事的态度认真地为自己、为家人做一件事，这样的时刻，我们会意识到自己的重要、家庭成员的重要。

这样的时刻，是我们难以忘却的温情记忆。

哪怕多年以后，我们一定会记得，自己精心为自己、为自己在乎的人，认认真真地用一个下午布置屋子，买蛋糕和鲜花。

也正是因为这些温情时刻，我们创造了共同的记忆，增加了彼此的联系。

3

精心准备的时刻，让我们更爱自己，也更热爱生活。

不管是一个阶段的开始还是结束，只有认真地准备一个仪式，才能让自己有一个好的过渡。

比如，开学典礼、毕业典礼、成人礼、婚礼……

只有这样，我们才会记忆深刻，仪式感表达着我们对某件事情的重视。

生活怎么样，取决于我们怎样去对待它。你认真地准备每个仪式，在不知不觉中就点亮了自己的生活。

4

记得这几年前，一个朋友失恋，每天沉浸在悲伤的情绪中，不打扫屋子，也不拾掇自己。屋子里到处堆着杂物，整个人黯淡无光的。

我们约她出来散心，然后一个朋友说，打扫打扫屋子，拾掇拾掇自己，重新开始。我原本以为，这个提议实在不行，这时放声哭泣怕是更有用。但事实证明，不但有用，而且作用大得有点儿超出想象。

朋友说，本来回去后，还是想蒙头大睡。后来想不妨试试看。然后她开始打扫自己的屋子，整理衣服，把脏衣服扔进洗衣机清洗，将那些堆了好多天的快餐盒扔掉。

当物品摆放得整整齐齐，地板拖得光洁照人，阳台上晒好飘着清香的衣服。那一瞬间，她的心情居然明朗了起来。

仿佛坏情绪也随着垃圾一起被丢弃，随着尘埃一样被抹去。

就是这样一个打扫的仪式，修复好了心情。

5

记得小时候，每年生日这一天，母亲总是张罗着给我煮面、买蛋糕，穿新衣服，拍照留念。多年以后，我依旧记得那一个个的生日场景。

这些场景一直温暖着我，而我，也像当年母亲那样，给孩子创造一个个温馨的生日记忆。

仪式感，就是一种情感的联结。让我们知道，自己值得被爱，自己可以去爱他人。

读温暖的文字，过阳光的生活

1

大家都知道"半杯水"的故事，乐观的人看到自己所拥有的，而悲观的人只看到自己失去的。同样的境遇，完全不同的感受，这源于认知上的差别。

就像很多时候，两个人遇到的困难差不多，但是因为认知不同，就出现了不同的结果。有的人一蹶不振，而有的人越挫越勇。

很羡慕那些乐天派，好像上天帮他们过滤掉了不开心，而自己却时时被悲观的小怪兽俘虏。

那么，我们可以重塑自己的认知吗？当然可以，这只是一种思考方式的改变。阅读温暖的文字、故事，是改变的捷径。

如果阅读的书籍，都是积极向上的，那么文字的能量就会传递给你。常常接触的文字，会潜移默化着你怎样看待这个世界。

2

曾经看到一个情感类公众号，号主文笔很不错。但里面的文章千篇一律，写的都是背叛出轨，作者笔下，大千世界，人们随时随地都可能发生感情纠葛。

单看文章的阅读量是不错，但是，我觉得宣扬这样的价值观未免有些不妥，也觉得这样的文笔专门写此类文章可惜了。

于是，我后台留言，说并不是整个世界都这样，希望可以写一点儿正能量的文章。之后，对方马上气势汹汹地回应，语言极其恶劣偏激，最后这次不开心的文字交谈无疾而终。

我绝非杠精，因为我也喜欢文字喜欢写作，单纯地觉得那样好的文笔完全可以写其他更有价值的内容。

而且，一个有潜力的作者，长期书写着毫无营养的文字，容易透支自己的灵气。长期浸泡于此类内容，对美好生活的感知都将迟钝吧。

当然，世界本来就是因为不同而精彩，在法律范围内，每个人，都可以有自己的价值观念和行为模式。

3

曾经看过一本书，叫作《水知道答案》，科学家通过研究发现，在文字或者语音面前，水是具有灵性的，听到美好词汇的水结晶是美丽的、规则的；而听到负面词汇的水结晶是丑陋的，或无法形成结晶。

还有人在学校做过一个实验，把两株长势正好的绿植，放在室内两边。其中一盆绿植，让学生们每天对它赞美；而另一株绿植，让学生每天对它责骂。

一个月后，受到赞美的植物，长势喜人，生机勃勃；受到责骂的植物，居然枯萎垂败了。

连水和植物都如此，那么，更不用说万物之灵的人了，文字是具有能量的，我们听到的、看到的，都将深远地影响着自身。

4

古人云"染于仓则仓，染于黄则黄"，文字对人的影响也是如此。很难想象，一个长期看恐怖、出轨文章的人，能够积极向上，内心阳光。

我们不能去决定他人，但是自己可以选择阅读怎样的文字，塑造自己积极的思考模式。

经常看温暖治愈文学的你，可能不知不觉世界都明亮了起来。读温暖的文字，过阳光的生活。

愿我们都能通过文字，看见世界的美好，愿我们与这世界温暖相拥。

第七章　最纯的语言，最真的体悟

读《阿勒泰的角落》初感受

1

从昨天开始读作家李娟的《阿勒泰的角落》，今天刚刚读完《我们的裁缝店》这一节，本来想等看完再写读后感，但是按捺不住表达的欲望。

其实，读完"雪兔"的时候感觉蛮平淡的，不是特别喜欢；到读完"奇怪的银行"，兴趣就开始上来了；到读完"裁缝店"，真的兴趣浓浓了。

我现在的阅读其实蛮任性的，全凭自己的喜好来决定，不喜欢的，读几页就一直卡壳在那里，几天翻不动。

而遇到喜欢的，简直是爱不释手，看完一页还想看下一页。想留点儿惊喜，每天看一节，对书里的情节却念念不忘。

读李娟的文章，或许是因为普通人的视角更接近我的生活，更能引发我的共鸣吧。

我生活的小镇，跟她笔下的小镇很相似，除了不是少数民族地区，地理条件不同，其他的都差不多。

2

李娟的文字读起来舒适愉悦，阅读是一段特别快乐的时光。这是一本回忆录式的书籍，谈她在阿勒泰生活的点滴时光。

她笔下的小镇，她家经营的裁缝店，让我想起了许多自己年幼时的记忆。

她谈起的小镇里，人们朴实、礼性很重。赴宴的时候，都会送一块布料，一米长的、两米五米长的。

说是一块布被一轮一轮地送来送去，在偏远狭小的喀吾图寂静流传。

我的家乡也有这样的礼仪，前些年人们赴宴的时候，也会随上布料、搪瓷盆、罐头、糖果、鸡蛋……是乡亲们的情谊。

3

她笔下的裁缝店，给村民制作衣裳时量尺寸、缝制等过程，也让我想起自己生活的小镇上开着的几家裁缝店。那种窄窄的小店，大大的裁剪案板、布匹，房间的墙壁上挂着做好的衣服。

我们小的时候，有点儿打算的人家，会送年纪不大的女孩子去学手艺。我的小姨去学过裁缝，我跟着她去过裁缝师傅家，院子里整齐地放着缝纫机，大家一起缝制练习，挺震撼的。小姨学的时候练手艺，还给我缝制过小衬衣和套装，把还是小孩的我高兴坏了。

那时的裁缝店很是火热，人们都习惯去店里制作新衣服。

我现在还记得小时候妈妈带我去裁缝店，裁缝阿姨拿着皮尺认真量尺寸又记录的样子，然后我们在摆着的布匹里挑选自己喜欢的花样颜色。

等待制作的那几天心里是无比期待的，到去取的时候更是心情雀跃，穿在身上要在镜子前转好几圈。

4

随着现代大机器生产的发展，流水线制作的衣服更便宜，款式更新颖，人们都习惯到商场里挑选衣物，裁缝店也慢慢退出了人们的生活。

现在的裁缝们，只是在商场背后的小街道里，租间小屋或者支个小摊，主要做着修裤脚、换拉链的活。

时代发展是迅速的，许多以前红火的行业都渐渐退出了历史舞台，我们80后，真切地见证了身边实实际际的变化。

这几年不大有机会和家族的女性长辈一起聊天，好多记忆都淡忘了，今天阅读想起许多往事来，遂记下，留住美好。

看"小十点日历"的一点儿感悟

1

年初购买了小十点日历，每天都会翻看一下，看看日期，欣赏诗词和国画。

尤其喜欢它的前言，写得很好：

春节贴春联，走亲戚；端午吃粽子；中秋吃月饼……

中国人都是在传统习俗中不知不觉地完成自己的生命成长。

孩子所读过的诗、看过的画、品尝过的传统美食、欣赏过的国粹，都会化成阅历，沉淀为他们独一无二的气质，融入他们的骨子里，也将成为孩子一生的精神底色。

传统文化的熏陶，唐诗宋词诠释了中华语言的精妙绝伦；国画展示了中华文化的意境优美；书法展示了苍劲雄浑的力量……

在传统文化滋润中成长出来的孩子，能够吸取中华文化的精华，让正直的中华传统价值观念深植心中。

中华民族先人们留给我们的宝贵财富，让我们成长为堂堂正正的中国人。

2

我是在传统文化滋润下成长起来的，从小就背古诗，朗朗上口的古诗词让我感受中国文字的韵律美。大一点读中国传统故事，塑造我的价值观。

这样长大起来的我，三观很正，很难去伪装自己，说不出违心的话语，不会去做违背道义的事情。许多事情上，我有自己的观点和坚持，不盲从也不会丢失自己的初衷。

被传统价值观浸润的人，骨子里有气节，做不来卑躬屈膝，玩不了阴谋算计，很多时候难免显得另类。

但是我亦无惧，做得到堂堂正正，仰不愧于天，俯不怍于人。

3

不知道大家有没有这样的感受，和一些人相处，会感觉特别疲惫，你们对事物的看法完全相悖。

小心翼翼作答，谨谨慎慎聊天，丝毫无法放松，毫无乐趣可言，实在不是什么美好的体验。

你做事本坦荡无私心，但一些人就是会无端揣测，带着一脸不信任和防备的表情看你。

究其原因就是人与人的底层逻辑不同，换句话说就是价值取向相异，你坦荡随性，对方未必。

我曾经遇到高谈阔论着人性本恶、事事不公平、周围人很讨厌的人，好好的明朗心情，因为这些话语而变得愁云笼罩。

他们总是能从各种小事里品读出这个世界对自己的恶意，长期说着悲观的话语，或者仅仅是口不应心的倾吐。

还有的人年岁并不大，却是一脸世故的样子，很是圆滑。

4

或许是年岁渐增的缘故，相比于无限拘谨的尬聊，我宁愿自己放慢脚步，听听自己的心声，想想自己为什么出发，想想自己的初心。

相比于无意义的、处于紧绷状态的一些社交聊天，还不如选择一种舒适的自我放松。

我们每个人都有自己的特点，不要着急忙慌地去磨平自己的棱角。或许，你的不同正是你闪光的地方。

你努力向上，坚持正当的兴趣爱好，你阅读、写作，阳光善良。慢慢坚定地走向你的目标，总会遇见志同道合的人，总会遇见真正欣赏你的人。

你想要的正反馈，你想要的认同，都会来到你的身边，努力正直的你值得最美好的一切。

看《红楼梦》新老版本电视剧的感悟

1

自从无意中在小红书上刷到了一个《红楼梦》的视频，就一发不可收。一有空就刷，从剧情到讲解，一一浏览。

这几天开始觉得小视频里毕竟只有剪辑的一小段，看起来不过瘾，就在学习强国中看完整视频，已经看到第六集。

最喜欢 87 版红楼，它是无可超越的经典，学习强国平台也是收录了这个版本。这个版本我小时候看过一点儿，但是情节很模糊，这算是我第一次真正意义上看。

这个版本看下来，从衣着服饰到举止表情，都让人觉得是书中的人物活过来了一般。

刷了几个其他版的红楼，实在是不忍直视。89 版的虽然有了太虚幻境的场景，但是演员在人物把握上逊色太多。

10 版的红楼，人物呆板，对话就是僵硬背台词，再加上诡异的色调和背景音乐，好似在看一场恐怖片。

2

按理来说，拍摄 87 版红楼的时候，各种摄影技术和水平远没有现在先进，资金也不足，那么是怎样拍出了无法超越的经典呢？

后来查看了一些资料，总算是明白了造就经典的原因：87版红楼，选角用了一年，每个角色的选择气韵把握到位；演员们在一起集中学习了一年，研究原著，分析角色，亦学习琴棋书画，增强艺术修养；拍摄历时一年，上万个镜头，每一个镜头都力图完美。

三年磨一剑，打磨出了一部无法超越的经典。

这部剧深得原著精髓；叙事好、吸引人；服饰、道具、布景等精致逼真；台词白话、容易理解；没有拘泥于原著，有自己的探索创新。

编剧忠于原著，敢于发挥；导演心无旁骛、潜心创作；演员形神兼备，过目难忘；歌曲浑然天成，哀怨动人；色调明快亮丽，赏心悦目；造型博采众长，深入人心。

这般用心，使得每一个人物都如从书中走出来的一般，他们就是真正的红楼中人。

3

而反观其他的版本，尤其是近几年最新的10版，当时也搞了轰轰烈烈的选角活动。

只是在角色定位中非常混乱，有的演员，一会定黛玉组，一会定宝钗组，一会定熙凤组，在完全不同气韵的三个角色中跳转。

演员们根本没有集中学习过原著，据说演员对自己饰演角色的判词都不清楚。场景就像是几个演员在自顾自地背台词，互动那叫一个尴尬。

最令人不解的是10版导演亲自在访谈节目里说，自己没有认真读过红楼，也不喜欢红楼。

而且，87版集中学习一年，拍摄三年，10版几个月就"高效"完成了。

从导演到演员都是这样的状况，不看也知道好不到哪里去。

4

从看红楼不同版本的感受，其实里面也有一个非常容易懂的道理。

要想做好一件事，一定要全身心投入时间、精力，耐心打磨的过程就是扎根。而且最好做自己喜欢的事，不喜欢的很难做出好的效果。

凡事都是这个道理，这个世界也许有速成，但真的能经过检验的还是经过岁月沉淀的东西。

比如，我在练习写作，偶尔也会羡慕几月学成的人，但是我还是选择慢慢阅读慢慢写，因为只有根扎得深，才能走得更远。

认真打磨技能，时间终不负。

好闺蜜，是睡过一张床的过硬交情

1

我的职业是老师，每天看着校园里青春活力的女同学，下课后靠在桌边谈天，下课后手拉手去食堂，脸上洋溢着喜悦的表情，跟我们当年一样。

每当看到这种场景，我就会想起年少时形影不离的朋友小玲，我们熟悉到认识对方家里的每一个人。

小学时候下课就一起跳皮筋；初中的周末常常在一起玩，诉说心事；高中，在一个城市不同的学校，有书信往来，假期里会聚聚。

大学，在省城的不同学校，相隔很远，但我们依旧会为了见对方，坐好几站公交车去对方的学校。我们都在对方学校的寝室里一起挤过单人床，虽然挤但心里是欢腾的。一起逛过商场，试衣服尝小吃；一起去过公园，看动物，看风景。

工作的头几年，都回到县城，还是会一起逛逛聊聊。后来她选择回到省城发展，在那里遇到了携手一生的人，如今在省城安家落户，拥有了一个幸福的小家。

我在家乡的镇里当老师，也组建了家庭、当了孩子妈，生活慢慢安稳下来。

2

虽然都有彼此的联系方式，QQ、微信、电话，前几年还会经常聊一聊，最近几年联系明显的少了。

她的身边出现了越来越多的陌生面孔，过着属于自己的小日子，旅游、聚餐、遛娃；我的生活里也有了她不知道的新同事，按部就班地上课、写作、陪孩子。

我们的交集越来越少，我们的生活于对方都越来越陌生。

翻开朋友圈，她穿着我没有见过的衣服，挽着我不认识的朋友。

曾经可以共用吸管喝饮料的朋友，现在过着我完全不知道的日子。

3

有时候回想起我们一起言笑晏晏的日子，会有些怅然若失，这样的日子已经很遥远了。

然而人生本就是一个渐行渐远的过程，我们相遇的意义不是一直陪伴，而是留下一段难忘的经历。

谁的青春里，没有几个闺蜜，一起成长一起玩耍，分享心里的小秘密，见证彼此的青葱年华。

那些年的我们，简单纯粹、笑意嫣然，谈梦想也谈心中的白马王子。约定要做一辈子的好朋友，要当对方孩子的干妈。如今我们都有了各自的生活，做着一份简单的工作，过着居家的生活。更多的时间已经分配给工作、家庭、新的社交圈，已经很少有时间去联络生活圈以外的朋友。

但是，那又有什么关系呢，我们能带给彼此的是青春里的美好，我们相互陪伴过、分享过、欢笑过，这些就已经足够了。

我们见证了彼此的成长，也许我们的周遭会出现新的朋友，但是我的世界里，永远保留这份情谊。

青春年华里的情谊，就是人生中闪亮的星星，疲倦的时候看一看，原来自己有那么多的闪亮时光，步履就轻盈起来。

谈谈记忆里的喝酒人

1

今天阅读的是作家李娟《阿勒泰的角落》一书中的章节《喝酒的人》，描述了喀吾图村子里喝酒的男人们。他们醉酒的各种姿态，出各种洋相，让村里人多了许多热闹可以看。

对于喝酒一事，我太有发言权了。

我爸爸就非常喜欢喝酒，约许多朋友在一起喝，划拳或者打牌，家里经常很热闹。以至于我小时候，认为男性都是喜欢喝酒的，每家都是划拳喧闹的。

当然，由于我们这里的酒文化，多数时候男人们聚在一起喝酒就是图个热闹，一起打牌谈天放松一下。

而我其实很不喜欢喝酒的行为，如果浅酌几杯也可以理解，但是到了酗酒的程度，喝得昏昏沉沉，东倒西歪，就真的很不好了。

所幸，近几年爸爸已经克制喝酒了，很少再聚集划拳，只是吃饭有好菜的时候自己斟一杯慢慢品，醉酒的时候也少了。

作为子女，老人能够开始注重养生、保持健康，就是最欣慰的事。

2

说起喝酒，除了热闹外，更多关于酒的故事，则大多不那么美好。

我仍记得初中时的一位老师，每天都喝得昏昏沉沉的。听闻他以前是个积极向上的青年，课上得好，也颇有些才华。后来不知是生活受创，还是别的原因，变得无心教学，开始没日没夜地喝酒，每天醉醺醺的。

因为无心教学，镇里学校做了调整，将他从镇里的初中调到了小学。而他在小学里依旧是每日喝酒。

记得有一次，我们在镇里逛街的时候偶遇过他，彼时他喝醉躺在超市门口，我们猛地看到吓了一跳。

再后来，就是听说的故事，学校劝他办理了病休，回家以后还是如此，最后死于一个秋末，人生定格在了四十多岁。

3

每次听闻他的结局，心里是悲痛的，不是因为他，而是悲哀于一个踌躇满志的青年人到最后与酒为伍的颓废人生。

李娟说："艰苦的生活太需要像酒这样猛烈的，能把人一下子带到另一种极端状态的事物了。"

而更多酗酒的人，大约也是现实生活中不得志，内心脆弱没有力量的人，借着醉酒的朦胧逃避现实。

虽然不能比拟，但我还是想说，人到中年一定要找到让内心充满力量的事。随着年龄增长和阅读书籍的增加，发觉真正的力量与外界事物无关，而在于内心的富足、目标的坚定，以及坚持的勇气。

生活里的许多困难，逃避并不能解决，借助酒精麻痹就更是弱者的选择。只有清楚地知道自己的人生目标，坚持不懈地努力，才能成为生活中的强者。

愿我们都努力向上，当回头看走过的岁月时，能欣慰于自己没有虚度光阴。

又是一年高考时

1

明天又到了一年一度的高考，对于大多数的考生来说，这是一次具有重要意义的考试。

全社会很重视的一次考试，虽然时不时有人批评我们高考制度的不合理，但它仍是最公平的一场考试，分数就是硬道理。

去看看印度的种姓制度，就会知道努力无门才是真的绝望，种姓是继承的，有的人出生就含着金汤匙，有的出生就是贱民，并且不可能改变，低种姓的人连学习努力的机会都没有。

而在我们的国度，人人都可以平等进入学校，只要你足够努力，无论出身如何都可以取得成功，有很多的人通过读书改变了整个家庭的命运。

2

一些国家实行是精英教育，书籍价格非常昂贵，一般人根本买不起。不像我们的书店，亲民平价，还有各地开花的图书室，让阅读变得非常方便。

读书固然是苦的，从晨昏到日暮，从寒冬到酷暑，十二载求学路。

而我们又是幸福的，学到了本领和知识，明天的高考就是我们未来之路的敲门砖。

高考后，无论进入什么样的大学，只要认真学习，都将会拓展眼光，增长见识。

或许，高考后最终的目的地已经没有那么重要，在高考之前，认真学习的过程，学习方法的总结，面对挫折的心理调整，这些才是最重要的。

3

一定要在心里重视这一次大型的考试，认真去对待，让自己的青春无悔。而经过后，无论遗憾错过，还是如愿以偿，都应该要学会往前看。人的一生那么漫长，无论成功或者失败，更重要的是总结经验，笑对人生。

其实年龄增长后发现，考试只是检测，最终取得怎样的成绩，更取决于学习力、抗挫力。

所以，大家会发现，初中学习优异的，高中阶段可能发展的并不好；高考优异的，考研、考工作或许也没有优势；到了职场也是如此……

生活中真的没有什么常胜将军，面对得失更应该保持平和的心态。

比如，每年都存在的考试失败就万念俱灰，生活中一点挫折下就萎靡不振……还不就是没有向前看的精神吗？

4

希望同学们，能够调整好心态，保持规律的作息，在考场上考出自己的最好成绩。

又是一年高考时，每一年都有这样的一群青春少年，经历这样的检验，无论如何，都是最棒的自己。

这样的经历最宝贵，这样的记忆也是最美好的。现在大家眼中的苦，到我们回忆起来的时候，才知道这段为了目标努力拼搏的日子，是最值得的。

人们常说，青春是一本太仓促的书。青春，那么短暂又那么美好、那么重要，奠定了人一生的基础。

希望青春的你们，交出最满意的答卷。

高效利用早晨，过不同的人生

1

早晨起床洗漱一番，喝了一杯温水后，打开朋友圈翻了翻，看到了一位作家好友发的动态，在我才起床的时候她已经听了一本书、写了一篇文章、进行了运动、买好了菜。

在我还睡意蒙眬的时候，她早就开始了元气满满的早晨时光。有些感叹自己和优秀者的差距，是对时间的认知和处理事情的效率。

比如这位朋友非常珍惜时间，每天都安排得很妥当，每天清晨即起，听书、写作。即便是自由职业，没有谁要求，但是每一天都规划安排得满满当当。

越成功的人对生命的把控力越强，成功人士都是活力满满，高效利用时间。

2

而反观我自己，工作的时候还能够保持良好的作息以适应职场节奏，而一到放假，整个人就显得很懒散，没有多少目的性了。

现在最大的改变是开始每天都更文，这算是我最有成就感的事情了，重复的日子里留下些文字的痕迹。

以前羡慕自由职业者，然而后来我也意识到自己是不适合的，我对于时间太过于随意，没有强执行力。可能我还是只适合朝九晚五的上班，被单位纪律所约束的生活。大概是习惯了被推着走，自己有主动权时反而会茫然，不知道可以做点儿什么。

曾经听到单位里的一个二胎宝妈说，放假了她也没什么事情做，当时觉得蛮吃惊的，忽而自己就到了这个阶段。

加上最近疫情的原因，对于出行内心里也有点儿惧怕，所以每天待在家里，无所事事、慵懒乏味。

3

人与人最大的区别就在于执行力，成功者为什么能风生水起，就在于超强的行动。

单就列计划而言，不少人都可以列得很详细丰富，但其实能真正做到的并不多。谁能几十年如一日地做着有益的练习，谁就能取得相等量的成绩。

对于晨间时光的运用，我要承认自己这方面是缺乏的，工作日基本都是忙忙叨叨去上班，休息的时候则选择睡懒觉。

看到别人活力满满的早晨：晨跑的大汗淋漓、早餐的精致丰富、晨间阅读、晨间写作，也会发自内心的羡慕。

而羡慕过后，却不知怎的还是不能拿出行动来。

羡慕着别人的成功，一边哀叹自己的顽固不化，一边又继续心安理得的闲散。

4

仅仅一个晨间，自律的人收获丰富，如我一样闲散的人只是虚度了光阴。

当习惯早起的人已经安排得妥妥当当，开始元气满满的一天时，那些赖床的人，才手忙脚乱、睡眼惺忪地开始慢悠悠的一天。

很多时候，过什么样的生活取决于自己，到底是有趣浪漫还是枯燥乏味，到底是井然有序还是凌乱不堪。

或许，我也该认真想想自己的时间和安排，认真规划，然后认真执行。

向优秀的人学习，希望自己可以变得越来越好，加油！

每个女孩的内心都有一个公主梦，这就是我们喜爱偶像剧的理由

1

上周看了一波怀旧视频，说起来大家肯定会笑话我的。

我是个怀旧的人，对新事物接受比较慢，尤其电视剧，我只喜欢重温从前看过的剧。重点来了：我重温了《王子变青蛙》，那么久远的电视剧，请大家原谅怀旧的老阿姨。

虽然已经步入中年，但是依旧是颜控，真的被随着《迷魂计》音乐出场的单均昊迷得不要不要的。

有一说一，这部剧真是制作精良，十五年前拍的，到现在完全不过时。

整个剧看下来，既有泪点和感人情节，又有很多搞笑元素。

2

对于恋情氛围烘托得刚刚好，那种爱的感觉，真的被萌出少女心。

比起现在一些剧，感情铺垫也没有，就爱得死去活来，动不动就激情镜头，真的不知高出多少段位。

整部剧也是金句多多，让人记忆深刻：

第一，紧要关头不放弃，绝望就会变成希望。

每当想要放弃的时候，耳边响起这句话，就又坚定地继续下去。

第二，主动的事情要让男生来。

真的男友力爆棚，那个顶楼钢琴室的夜晚，曾经温暖了无数少女的心。

第三，再平凡的人，都会是耀眼的六等星。

即使平凡，也要努力发出自己的光芒，再普通的人也有闪光之处。

3

整个恋情的处理，尤其是茼蒿慢慢变成单均昊的过程，非常有层次感，演技非常棒。

当然，这个年龄还喜欢偶像剧，并不是不切实际，而是在内心保有一些纯真和美好。每个女孩子都有一个公主梦，这就是我们喜欢偶像剧的原因。

偶像剧告诉我们，哪怕很平凡的姑娘，身上有很多小缺点，但只要善良、努力、向上，就会有王子来到身边。这样的设定，怎能不让普通的女孩子们心存向往呢？

就像《王子变青蛙》里，叶天瑜明明很普通，但是却让那么优秀的单均昊魂牵梦萦，放弃优秀的未婚妻。

哪个女孩子没有幻想过自己就是叶天瑜，不漂亮很平凡，却有一个王子爱上自己。

4

对电视的见解也会随着年龄的增长而改变。现在看这个，并不是还幻想有个王子来没有条件地喜欢自己。

　　只是期待，当自己困倦的时候，能够有一个人懂得自己的不易，能体谅自己的付出。能有小小而浪漫的仪式，有彼此的牵挂以及生活中的小情趣。

　　或者，我一直没有拥有心意相通的爱恋吧，只能从电视剧里补补戏。这也没有什么，毕竟正是因为爱情的稀缺，所以才一直在文学世界里经久不衰。

　　现实世界不是童话，不是所有的灰姑娘都能遇见王子。

　　我们唯一能做的，就是过好自己目前的生活，没有王子来拯救，就自己宠自己吧。

　　小结：

　　借用网络上看到的一句话来结束今天的文章："你不必委曲求全去善良，也不必一言不发去妥协，你不必讨好所有人，你最应该好好对待的人，是自己。"

　　如王尔德所说："爱自己才是终身浪漫的开始。"

余秀华，半生归来依然不懂爱情？

第一次听说余秀华，已经是很久以前的事情，她是个脑瘫患者却坚持写诗，从农村妇女到著名诗人，她的逆袭非常励志。

在报道中我们知道她天生残疾，有过一段并不幸福的婚姻，后来她写诗获得成功，果断结束了婚姻。

记得报道里写前夫的家暴，对她的鄙夷，说她是残疾人。

听着这些经历，心中生出对她不幸的同情，同时又佩服她与命运抗争的勇气，凭一己之力终于活成了自己想要的模样。

1

之后很久，我没有再留意与她相关的信息。

直到今年初，登上热搜的爱恋，余秀华高调宣布了小十四岁的男友。之后看到他们幸福的合照，网络上有各种声音，祝福的、质疑的。

但无论别人怎么说，他们当时的幸福有目共睹，人们也开始祝福他们，尤其是余秀华，希望她真的找到属于自己的幸福。

然而，打脸来得如此之快，就在昨天深夜，余秀华的微博揭示了这场爱恋的真实面目。天啊，那是一段光看文字就觉得揪心的话语，掐脖子、扇耳光。

短短几天的工夫，这段爱恋就从浓情蜜意到恶语相向、拳脚相加。

2

在事情没有明朗前，我们局外人谁都不敢妄断。但就现在已知的信息来看，余秀华的这一段感情依然不幸福。

上一段感情的不幸，从很大程度上我们可以理解，残疾又没有经济收入，这种情况下找男友的质量可想而知。

但是这一次不同，她已经是出名的诗人，公开出版多部诗集，经济早已独立，还有一定的社会地位。

但是就像魔咒一般，她的境地依然是被家暴，而且在很短的时间内，那个打着深情旗号的男人，便露出了真面目。

3

造成这种局面的原因是什么呢？

我们生活中也不乏这样的例子，有的人各方面非常优秀就是感情经历一塌糊涂。尤其是女性，恋爱脑，在感情里分不清方向，明明自己优秀聪明，却被渣男伤到体无完肤。因为男女的体力差异，一旦发生肢体冲突，一定是女性吃亏。

在我们已知的信息里，男方是渣男无疑，无论什么情况，打人就是不对，不能因为披着爱情的外衣就觉得合理。

余秀华，以她现在的经济和地位，完全可以寻找精神更契合的人。

4

还是那个亘古不变的经验之谈，女人一定不能下嫁，谈恋爱也不能。

一定得找个旗鼓相当的人，如果你的才华、经济都在这个男人之上，即使这个男人喜欢你，他的自尊心也不允许他这么做。他要么拼命努力，让自己配得上你，要么就是远远祝福你找到适合你的人。

差你很多，还心安理得和你在一起，你可以觉得没什么，你们是真感情。但是无数的例子会告诉你，这种男弱女强的婚姻，大多数男人没上进心，还贬低你，花你的钱，还家暴你。

虽然不是百分之百，但是大数据摆在那里，你愿意用自己的幸福去赌那极小的概率吗？

小结：

有一定社会地位的女性尚且如此，更何况普通如你我。

所以在挑选男人的时候，不要恋爱脑，擦亮双眼，只要你足够细心，在他的拳头挥向你之前，你一定能发现某些蛛丝马迹。

而且女孩子要相信自己的直觉，你觉得不舒服的事情，就一定有问题。有问题的、低端的男人，有多远就离多远吧。

爱情观的成熟，往往与年龄无关，无论你是初恋的姑娘，还是再婚恋的姐姐，都一定记得放慢速度，睁大双眼，鉴别真伪。

好好爱自己，为自己保驾护航，让自己的人生远离烂人。

你才是自己人生剧本的主角

生活中，很多人都会特别在意别人的看法。

比如我小的时候，大人就经常会说，你要怎样怎样做，不然别人会笑话的。感觉做一件事情，就是为了让别人不要嘲笑。

很多人不管自己做什么，只要别人有不同的看法或者意见，就开始陷入自我否定和消极情绪里。

这是我们不自信的表现，对自己缺乏认同，所以特别需要外界的认可。甚至会花很多时间去和别人解释，但其实很多事情是自己的私事，只要不涉及道德、法律，和别人就没有任何关系，根本无需向别人解释。

你才是自己人生剧本的主角，在你的人生中，永远是你为主，别人为次。

1

圈子越闭塞、越缺乏娱乐活动的地方，喜欢八卦的人就越多。

因为他们多余的精力无法消耗，只能在讨论别人的家长里短中获得巨大的精神安慰。如果你在意这些人的看法，沉溺于他们的思想，那么你就像陷入了泥潭。

比如，我们这个小地方大多是老人帮衬着带孩子，而我们需要请保姆的人家少一些，就经常被别人暗自讨论。

有一段时间真的感觉身心俱疲，好在我及时调整了自己的心态，我的人生我做主，首先应该关注自身需求。

每天战战兢兢迎合他人完全没有必要，况且无论你怎样做，都无法让所有人满意。

2

从前我也非常在乎别人的看法，在心里一遍又一遍地自我鞭策。

最严重的时候，和朋友逛街买衣服，我都不敢坚持自己的选择，不情不愿地买了朋友建议的那套。

我不敢表达自己的意见，害怕与别人的见解不同；我不敢自己独处，努力融入并不适合自己的圈子，搞得自己很累。

我面对一切都小心翼翼，自己却越来越不开心。自己的人生，却用来讨好他人，实在不是明智的选择。

3

直到我认识到自己才是自己人生的主角，在合理范围内，怎么舒服怎么来。

我不再为了不能融入某个小群体而难过，自如的独处胜过言不由衷的相处；我不再焦虑别人的眼光和那些指指点点，我的生活我做主，与你何干。我要不要二宝，什么时候要更是我自己的事，也无需某些热情的支招。

别人不理解你，就让他们不理解好了，我的人生不欠别人解释。当我听从自己内心的声音，关注自己的感受，生活就畅快了起来。

4

又到了 5 月，到处都在讨论"爱"的主题。

爱自己，是终身浪漫的开始。你是最了解自己的人，你最懂自己的悲欢，最明白自己真正的在乎。不用为了讨好他人，做别人人生里的配角，认真做好自己人生的主角。

我们的人生只此一次，无比珍贵，一定要按照自己喜欢的方式来。你爱自己的方式，就是告诉别人怎样来爱你。

你这么优秀这么可爱，配得上世间所有的宠爱。

第八章　平凡的生活，因为写作而不同

走上写作之路是冥冥中的缘分

从小我就对文字比较敏感，性格里也有些多愁善感。

很小的时候就喜欢看小画书，并不认识字，但母亲教我一遍，我就能指着图片说得活灵活现。

念书后，虽然各科成绩都是位于前列，但是我很明显偏爱语文，比如上语文课前会很兴奋，但是上数学课前往往要给自己加油打气一番。

记得小学时，母亲给我定了《小学生学习报》，一面是语文，一面是数学，我拿到报纸，就将语文这面的作文、故事全部看完，趣味题目全部做完。

而数学那一面通常还是崭新的，我就不想再去碰那报纸了。感觉实在无法在数字里体验到快乐，只有在母亲的督促下才会打开很不情愿地看一下。

印象深刻的是有一个叫《小马虎》的栏目，讲一个叫小马虎的孩子做错题的小故事，可是我每次都和这个小马虎想得差不多，只要是数学题的陷阱，几乎次次中招。

那个时候我只上一二年级，对语文就非常偏爱。

1

到了三年级写作文后，我的作文很得老师的赏识，几乎每次都是班级范文。

当时我的语文老师很会鼓励学生，都打很高的分数，比如我的作文，一般都是九十分以上，还有很多很用心的批语。

每次写作文，发作文本都是我最期待的事情，作文被老师推荐学校、乡、县、市组织的各种作文竞赛，得了很多奖状。

我对文字很挚爱，家里也不缺书籍，书柜上有爸爸订阅的《演讲与口才》，专门给我定的《小学生跟我学》，订阅的各种报纸，还有各类大部头。常年在床头放着书，睡觉前阅读几页，一本书每个学期能翻完两遍。

当时我并没有摘录习惯，但那个时候我看文章，如果读到精彩的句子，我就会用心背下来，每次背完都很兴奋。

很多篇精彩的文章，我都是全文背诵，自己背给自己听，很有成就感。

2

到了初中，我做了一件有趣的事。

当时情窦初开喜欢一个男孩子，就用一个本子记录些多愁善感的话语，有些句子很伤感，颇有些"为赋新词强说愁"的感觉。我还记得有一句是——雨滴打在玻璃窗上，划落，一条条，像伤痕。

就是在那个本子上记录了很多这样的句子，还记录一些感悟，后来本子慢慢地成了我的作文素材和语文知识记录库。

现在想来真有点忍俊不禁，到最后我都忘记了写这本笔记的初衷，但是却意外地在语文积累上有了收获。

3

高中有一段时间，各种问题涌现，很多科目都学得很糟糕，唯独语文一直保持不错的成绩，作文也时常能拿到很好的分数，还得过整个级组的最高分。

大学期间，依然喜欢文字，没课的时候天天往图书馆跑，后来还成了图书馆员。那个时候心态不好，容易焦虑紧张，还有消极情绪。

天天跑去图书室、阅览室，带上一个本子，看到好的故事、句子，就仔仔细细地记录下来。

阅读陪伴我度过了无数时光，也为我的写作做了积累。

4

刚工作后的那几年，我还是习惯看书，假期没有事就到书店去看书。刚开始我只看书，并不写作，或者是偶尔记录几行。直到两年前，知道了简书平台和公众号运营，所以就开始写。

许多人说写作很难坚持，可能是我积累这么多年，有说不完的话吧，日更接近两年了，还是有源源不断的话语。

也是这两年，我开始认真思考写作这件事，也开始将它作为一件重要的事情对待。

我想要一直写下去，想要出版自己的纸质书籍，想成为一个终生写作的文学爱好者。

我不再是断断续续、偶尔写记录随笔，而是刻意锻炼自己，每天一篇千字文，也渐渐地看到一些光亮。

小结：

有的时候，不得不相信真的有缘分存在。

我一直有一种强烈的看书、写作的愿望，因为教育理念跟不上，在少年时期，父母曾非常强烈地反对我看课外书。但是那点燃的火苗已经无法熄灭，我就在家少看，回学校依然看。

到了大学实现了看书自由，图书馆、书店，时不时给自己添置新书。现在工作了，宿舍里三个书架，装满了我喜欢的书籍。

我与文字的缘分冥冥中注定，在文字的世界里欢喜快乐，于我是最幸福的事情。

三十岁后开始写作，我身上发生的五个正向改变

我三十岁后才开始写作，在此之前完全不知道写作所具有的价值，算是误打误撞吧。

我没有写作之前，生活浑浑噩噩。幸运的是，我在迷茫阶段没有选择放纵自己，而是为自己开了一扇新大门。

写作两年以来，我能够感受到自己的正向改变，每天体内都发生神奇的变化，仿佛是变魔法。

1　更加热爱阅读

我们都说输出倒逼输入，在没有写作以前，我虽然有断续的阅读，但是速度很慢。

说出来不怕大家笑话，有时甚至一年都读不完一本书。书籍放在书架上，落满了厚厚的灰尘。

但是日更以来，因为每天都要写，所以就逼迫着我去阅读。这样慢慢读下来。一年竟也读了十来本书。现在开始选择读专题性的书籍、感兴趣的书籍，每个月几乎都会买书。

在一次直播中听一位成功的写作者分享，他因为写作去看了很多以前都没有想过去看的书籍，比如《孙子兵法》。

因为每天都要输出，所以读起来很有动力，阅读效果很好，输出才是真正的学习。

2 变得更加积极向上

我写作前是稍微有点抑郁的，总是会陷入一个比较低沉的情绪状态中，甚至会深夜痛哭、感慨人生。

写作以来，当我将那些痛苦的事情诉诸笔端之后，心情忽然豁然开朗。那些我写下的文字吸收了我的伤痛，实在是很奇妙的体验。

这两年以来写作给了我精神上的呵护，让我从比较低沉的状态中走了出来。

现在我面对问题更加积极向上，即便情绪状态不佳，也能很快地走出来。

3 对本职工作的促进

我的本职工作是教师，但其实我在写作中很少谈论我的工作。我把写作当成自己工作之外的心灵之地，是精神避难所。

从近段时间以来，我开始去思考用写作促进工作，通过写作的方式反思自己的工作。比如对知识的巩固，我总结了框架法、背诵法、重复法、练习法，多措并举。

最近买了魏书生系列作品，正在学习魏老师的优秀的做法，提升自己的工作技能。

我们常常听到这样的说法，"写作＋工作"可以爆发出巨大的能量。

那么我既然有这样的兴趣爱好，就不应该让写作和本职工作处于割裂的状态，而应该用写作梳理自己的本职工作。

4 保持年轻状态

有句话叫"腹有诗书气自华"。文字可以保健我们的心灵，并且对我们的外在形象起到保护的作用。

一些人三十多岁就显得暮气沉沉，眼神黯淡无光，比如从前的我，我想与没有精神滋养息息相关。写作以来，我曾经黯淡的眼神，忽然有了光彩。自己的精气神也有了一定的提升，笑容也开始爬上我的脸庞。

写作一年以后，我的状态甚至比五年以前还要好。有一种发自内心的爱好。呵护着我们年轻的状态。

每个女性心里都一直住着一个小女孩，单纯、可爱、美好，写作可以帮我们留住她。

5 对生活更有目标感

没有计划的人一生空忙碌。

写作以前我非常迷茫，完全不知道自己五年十年后要达到什么目标，日复一日地蹉跎岁月。

而写作像是打开了一扇新大门，一路写着我开始有了方向感。

就是要坚持写作这条道路。通过写作形成自己的个人影响力，能出电子书籍甚至纸质书籍。

还有一个小小的梦想，就是可以像那些成功的作者一样带团队，把写作传递给更多的人。

小结：

写作以来最大的感受就是原来世界如此可爱，原来有这么多积极向上善良的人，从内心感慨人间值得。

写作两年我已经可以深刻地感受到写作与不写作，过的是两种不同的人生。

　　写作让我的人生更美好，我一定会坚持写下去。

"写"这个小小动作，对人生具有重大价值

1

你一定不会相信，简简单单把想法写下来的动作，蕴含巨大的价值。无数人已经践行并且证实，写作是低成本、易上手且获益无穷的好习惯。

一些人通过写作记录，思维更加清晰，更有条理和逻辑；

一些人通过写作，改变了抑郁状态，变得更加积极阳光；

一些人通过写作，提升自己的认知，更好地处理和他人、和世界的关系；

一些人通过写作，树立了个人品牌，打造了自己的影响力……

很多成长都源于微小的改变，也许"写"这个小小的动作会让你的人生有所不同。

2

不知你是否有过这样的无助时刻，心有郁结，面对几百个联系人却不知该对谁说？

生活、工作一地鸡毛，期待有人指点帮助，但是从来没有出现那个生命中的贵人，各种压力和烦恼，让人在痛苦绝望中徘徊。

然而，不管多么悲伤，只要用文字倾诉出来，情况就会好许多。写

作给我们安慰和底气、包容和疗愈，增加了内心的力量。

其实我是个不怎么自信的人，非常期待外界给予认同，但是大多数时候不能如愿，所以我总是胆怯地自我否定。

写作后，我开始关注自己的内心，逐渐能更全面地认识自己，加深了对自己的认同。

发现自己原来也有很多优点，也很可爱，自己怎么样，不要留给别人定义！

3

曾经我以为成熟是一个自然而然的过程，事实上并非如此，一些人只是变老而已。很多人的年龄和见识并不成正比，我们见过看不透世事的长者，也见过睿智的青年。

如果没有深入思考，无论多大岁数，对世界的理解都是表层的。认知不能提升，也就不能妥善处理生活中的问题，总是沉溺于鸡毛蒜皮。

写作可以促进我们更好地理解这个世界，当你用笔写下，分析思考，很多问题都会了然于胸。

钻牛角尖的人，一直困住自己的人，多半没有写作习惯，缺乏这样的反思能力。

4

写作是一种输出，写一段时间后，就会觉得肚子里没有货了，就促使自己去观察生活、去阅读。

写作之后，感觉自己明显好学了，以前买回来的书是在架子上吃灰的，现在有空就有节奏地阅读。

我常想，如果我没有写作，闲暇肯定是被刷视频和无聊填满吧。

昨天看到一张图，常看电视和常阅读孩子的大脑都会不同，阅读有助于脑部发育。

5

在现代社会，写作已经成为一项必备技能。

不管从事什么，年初计划、年终总结、工作汇报等都离不开写作能力。具有写作能力的人，可以拥有更多的机会。

如果对自己目前的状态不满意，或许你可以试试阅读和写作。

与其总是独自哀叹，不如动手写起来。最不济就是和现在一样，万一有所改变呢？

人生能保持爱好，是一件幸运的事

1

有人说，人生中有一个能坚持下去的爱好，生活就不会枯燥与孤独。

在阅读、写作的过程中，我感到前所未有的快乐和满足。当大多数的人并不知道自己热爱为何的时候，找到了自己所爱，无疑是幸运的。

能持续热爱一件事，往往是需要一点点成就感的。我对写作的热爱，就源于小时候文章得到老师的赏识，作文能得高分，被当作范文在班上朗读，被作为范文写在黑板报上，作文比赛获奖。

这些小小的满足感，让我在面对作文的时候，总是打起十二分的精神，认认真真地写，斟词酌句，反复修改，最后认认真真地誊写在作文本上。

作文，就是我的精神世界，我把自己的生活写在上面，在每一个命题作文下，认真地思考，对标自己。

2

大学的时候，我因为喜欢阅读，所以主动去图书馆做义工，后来成了图书馆馆员。

在图书馆上班期间，我每次完成上架工作后，就会拿起书来看，边看边做摘录。每每到图书馆关门才心满意足地离开，获得一整天的愉悦心情。

当时，社会上有很多关于大学生虚度光阴的言论。可是，我看着总是人满为患的图书馆，看着每个像我一样穿梭在图书间的同学，我知道，不管外界对一个群体的评论如何，你都可以自己决定做一个怎样的人。

也许，我们不会是一个成功的人，但是汲取知识的每个瞬间，都在塑造我们的精神之体，与书相伴的岁月，是最美好的时光。

3

工作以后，其实有很长时间，我的阅读是停止的，也是我过得最疲惫最没有目标的几年。

直到我又拿起了书本，慢慢阅读，一边摘抄记录，一边写下几句心得。

后来，我看到很多平台在征稿，抱着试一试的态度，给一个平台投去了稿件，两天后收到了过稿通知，文章被编辑发布在公众号，收到了稿费。

那种喜悦之情，现在想来依然激动，不在于稿费的高低，那是一种被认可的感觉。

4

写作是一项需要刻意锻炼的技能，三天不写手生，所以日更，是保持写作敏感的最佳方式。

我坚持每天都认真地写下一篇文章，关于自己的感悟、生活中遇到的事情、阅读到的故事。

不能说写得精彩，倒是养成了每天写作的习惯，就像吃饭、睡觉一样自然。每天练习写作也让我收获了积极的心态。

认真地写作，即便得不到赏识，也是与世界打交道的一种方式，是送给未来自己的礼物。

肥宅无聊的我，因为写作身上多了自律、文艺的标签

1

从小，我就很羡慕那些能歌善舞的女孩子，她们的生活看起来好丰富有趣，但是我五音不全，从来没有勇气当众唱歌。

我还羡慕那些身材高挑的女孩子，好像小公主啊，我从小就长得肉肉的，成长过程里听到最多的评价就是"可爱"。

我还羡慕那些能说会道的人，总是能成为人群的中心，周围总是一片欢笑声，而我每每此时只能在角落里围观。

就是这样在心里默默羡慕别人的我，在一件事上是自信的，那就是写作。

现在，我因为经常发表文章，如今又自己开设了公众号，身上多了自律、文艺的标签。

我们不可能什么都做好，大部分人，都是因为身上的一个闪光点，而撬动了生活的正向改变。

2

我有个堂姐，读书的时候成绩不好，整个人都是畏畏缩缩的。

后来到了社会上，去餐馆帮忙，因为手脚麻利店家很喜欢，也学了

一些技能。现在，在村里是做菜的一把好手，人自信开朗了很多，完全看不出读书时的胆怯了。

工作后很长时间我都没有写作，对什么都没有多少兴趣，整个人是缺乏活力的，心里面也是没有依托的。

而写作，甚至可以说给了我新的生命，我因为写作变成了更好的自己。

3

因为写作的能量赋予，我的生活发生了一些正向的小变化。我不止想要写作优秀，我想要生活各方面都能优秀起来。

第一，体验自律的感觉。

在我没有写作之前，我一直觉得自己是意志力有点薄弱的人。对很多东西都只有三分钟热度，总是列下很多目标，却坚持不了几天，只能在心里嘲笑自己的宏图大志。

写作后，我已经坚持日更两年多了，每天专注、保证质量地输出一篇文章，雷打不动。

因为我对写作是发自内心的热爱，在热爱的事情面前，自律是自然而然的。借着写作带来的自律体验，我在其他方面也开始自律起来。

第二，打扫整理房间。

我是个收纳能力很弱的人，我的屋子总是凌乱的，虽然下过决心改正，然而收效甚微。

随着写作，我开始觉得要变得更好，一个文艺女性的房间，应该是充满墨香，所有物品摆放整齐。

理想里觉得桌上还应该有一束鲜花，燃着香薰，伏案写作，精致满满。

我以前总是在家里放很多东西，什么都舍不得扔，总觉得以后还会用上，弄得家里杂物堆积。写作后，我开始整理，今年已经将一些不穿的旧衣服和旧书打包卖给绿巨能。

别说，清理了堆积的物品后，心情确实舒畅了许多。

第三，感知美好的事物。

没有写作以前，面对司空见惯的一切，总是心生麻木。

而写作后，我更能细致观察，发现周围世界的美好，倾听鸟鸣、感受蓝天白云、感受人间烟火气。

每一天我感受着美好，感慨人间值得。

小结：

小时候，我们都幻想有一天，英雄驾着七彩祥云来救自己；长大后，我们知道自己才是自己的救赎。

赶快去找到你的闪光点，不管是写作、画画、手工，还是厨艺、收纳、摄影。因为只有找到自己的闪光点，才能让你对自己充满自信，撬动你的生活正向改变。

愿你们，早日找到自己的闪光点哟。

喜欢写作初级营的理由

我在简书上的更文字数已经达到八十万字，日更两年，全网粉丝数超过三千人。

这几天加入了一个初级写作营，有几个朋友私底下问我，已经写了这么久，为什么还要加入？

因为我觉得每写一段时间，都应该重新去想一想自己的初心。而最真的初心一定在刚刚开始的时刻，写久了不可避免地会麻木。

就像每个人上学第一天，谁不是背着小书包满怀期待地走进学校，而读了几年后，就没有了当初的神圣，甚至有的时候还会厌学。

写作也是一样，刚刚写的时候，谁都是发自内心的热爱，并且有一直写下去的决心，而写久了难免倦怠。

1

每当我感到疲惫的时候，我都会认真地问自己为什么开始，想想自己的初心是什么。

而这种真挚热烈的写作情感，在初级营里一定是最浓的，是我喜欢的氛围。

跟着初级营里的老师一起学习，思考我们为什么出发，认真写下来，把自己放空，像最开始写的时候那样。

寻初心，就回到原点。

就如我们探寻生命的意义，可以多和孩童在一起，或许某句童言就让我们领悟了人生哲理。

2

因为写作，我自己也在好几个写作群里。

氛围最好的一定是初级营，大家都充满了激情，互动交流。群里总是一片热闹的气氛，写好了文章就发出来，其他人都争抢着阅读。

在一些长期营里，有的人写着写着就不见了，剩下的朋友是把文章发到群里，大家的互动交流反而变弱了。

想要长期写下去，就回到最初的地方，这样就不会迷失，才能走得更稳。

3

在心理治疗中，心理医生经常会追溯病人的原生家庭、童年经历，以便分析问题形成的原因，一切都在最初埋下了伏笔。

写作也一样，写一段时间没有方向了，没有动力了，或许都是因为最初你就没有想好。

每当我在写作中心浮气躁、急于求成的时候，我都会告诫自己不要忘了自己为什么出发，是为了疗愈自己，坚持写就是收获。每天与文字相伴，梳理自己，就是最大的成长。

4

我记得最初的时候，看到有作者分享三十万字是写作的入门字数，我就把写完三十万字当作我最初的目标。

现在，已经写下八十万字，而我的写作之路依旧遥远。

我害怕自己会疲软，所以尽量参与到写作人群中，每一个小小的头像，都是一个对写作保有炙热情怀的灵魂。

我喜欢这样的相聚，为了热爱的事情相聚在一起。

每一次进入初级营，都会被里面热烈的气氛感染，被大家的激情打动。

小结：

不管写下多少文字，也不管掌握了多少写作技巧。

真诚是最重要的，这是个浮躁的社会，写作上也不能避免有很多只追求利益而毫无诚意的文化骗子。

我会一直保留对文字的挚爱，哪怕我的号很小，也没有赚到多少钱。

我依然会真诚地敲击下每一个文字，对每一篇文章赋予炙热的情感。

写作——勇气比才华更重要

1

每个人总会有那么几个时刻，表达欲望满满。

也许是在孤独伤心的夜晚，也许是看完一场感动的电影，也许是在人生的重要时刻，我们想要把内心的喜悦和悲伤化为文字记录下来。

然而大部分人都是止于想想，虽思绪万千，却没有写下只言片语。有的是懒于动笔，觉得写下来没有价值；有的是害怕自己写不好，怯于下笔；还有的是因为怀着完美心态，总想写出完美篇章，结果更不敢下笔。

所以，虽然很多人有那么几个瞬间想写作，却都因为各种原因而夭折了。

我记得齐帆齐老师讲自己在公司写作的经历，有同事和她说，"好多字你都不认识吧，你居然敢写作，我们公司好几个中文系毕业的都不敢写。"

但是齐老师依旧没有放弃，坚持写出自己的故事，终于有了今天的成就，活出了自己的精彩。

而那些中文系出身的同事，依旧过着朝九晚五的上班生活，还是没有落笔写作。

2

很多时候，写作这件事，敢比会更重要。

写作的勇气，比才华重要。即便你有才华，如果不敢写，或者不能坚持，也不能写出成绩；但是即便起点不高，如果愿意持续输出，也是可以写出成绩的。

其实与其担心写不好，不敢写，不如认真地开始写下自己的第一句话。

对于写作我们要摆正心态，只需要投入时间和思考，如果成功了就能树立个人品牌和影响力。即使没有成功，我们也没有损失什么。

写不好没有损失，万一写好了还能实现自身的飞跃。

许多事情，只要我们愿意尝试，你会发现自己比想象的要优秀。

3

没有谁是天生的作家，成为作家的都是勇于写出来的人。

而且只要写作的人都会发现，回看自己以前写下的文字感觉太幼稚，甚至是不忍直视。但是，正是当初那个勇于写下文字的自己，才成就了后来的自己。

作家没有天生的，都是鼓足勇气，尝试写出自己的文字，长期学习，才取得的成就。

想学习写作的朋友，不用担心自己没有写作基础，不用担心现在写出的东西很糟糕。你敢写出来，无论写得怎么样，你都要肯定自己，相对于连下笔都不敢的人，你至少敢于迈出第一步。

只要你能持续不断地输出，总会有属于自己的机会。

4

机会总是垂青有准备的人，你只有勇于开始，才能看到更多的可能。

一些写作者是从小的爱好，也有的写作者在读书生涯的语文学习中并不突出。但是只要有心，有勇气写下自己的作品，你就离作家梦近了一步。

有很多时候，人们之间能力差别并不大，最后天差地别的原因很可能就是某个想法，敢不敢去坚持做自己想做的事。

走上写作路的其实不一定比别人出众多少，但是他们敢于开始，最后的结果可能不会太差。

我们有勇气开始就成功了一半，接下来就是日复一日的坚持。

写作者不一定天赋异禀，但一定有些别人身上没有的韧性

坚持写作两年了，我一个毫无天赋，也没有背景资源的小白，靠着对写作的挚爱写下了八十万字。

因为写作，我收到了许多善意，很多读者给我留言鼓励，这是我写作路上的动力。

身边的一些朋友和网上的读者经常向我寻求写作的技巧和指导，其实我知道自己远远还没有指点别人的能力。

今天在这里，我就给大家分享几点自己作为小白在写作中的小经验，希望能给想写作的你一点儿帮助。

1 大胆写出来

很多朋友之所以没有写作，是因为害怕自己写不好，写不出理想的效果。其实，只要能勇敢地写下来，就已经解决了写作路上最困难的部分。

如果刚开始，可以用意识流写作法，对于小白绝对是写作好方法。这种写作法是想到哪写到哪，不用关心语言措辞，不需要思考行文结构，只要想到的就写下来。

不要小看这种大杂烩一样的输出，使用这种方法可以使我们养成输出的习惯，会不时有句子在脑海里跳跃，解决不知道写什么的问题。

写下的文章可以保存起来，然后只需要从中选取一些片段，进行润色加工，也许就成了一篇不错的文章呢。

灵感不是等来的，而是写出来的。对于写作这件事来说，动手写起来是最重要的，如果你都不愿意动手写，整天想写作还来得及吗，别人真厉害这样的问题真的毫无意义。

有的时候，我们总是畏畏缩缩不敢落笔，害怕写出的文字不够精彩，其实大可不必。不是有个著名作家说过吗？第一篇文章都是臭狗屎。

作家尚且如此，所以我们普通人大可以放低对自己的期待，大胆地写下来吧。

2 降低对自己的期待

很多朋友坚持不下去，许多时候就是因为对自己的期待太高。总是才写几篇就想出爆款，就成为作家，事与愿违后又一蹶不振选择放弃。

我们刚写作的时候，一定要敢于承认自己写得并不够好的事实，不要给自己太大的压力。

先让"写"成为自己的习惯，然后再慢慢加大难度。我从刚开始写一百字、三百字、五百字，到最后稳定在一千字，都是训练的结果，经过了两百多天的练习。

就像我前几天加入了一个写作群，每篇文章的字数要求在一千五百字以上，而我长期只输出一千字左右的文章，这对我来说就是有挑战的。

当我看着其他作者已经上稿，心里是很着急的，于是总是逼迫自己快动手写，可是我越急切反而越写不出来了，甚至因为压力而产生了不想写的念头。

当我意识到这个问题的时候，立刻停止了对自己的责难，这个任务对于现阶段的我确实是比较困难的，我要承认自己的训练并不充足，所以暂时可能无法写出满意的作品。

当我接纳了自己不足的时候，反而可以放心地写作了，所以适当放低期待，可以更容易写起来。

3 做一个长期主义者

写作不仅要开始写，还要能坚持，要做一个长期主义者，相信复利的价值。一段时间里读很多、写很多并不难，难的是一直坚持下去。

写出来就已经解决了写作中最困难的部分，而坚持下去决定了作者能不能成长。

现在要写作非常方便，一部手机，注册个账号就可以开始了。我曾经读到一个作家的总结：可能一百个人注册账号开始写作，一个月后大概只剩三十人，一年后可能只剩下三人了。

每个人在想要写作的时候，都曾经热血沸腾，誓要在写作上写出名堂，成为一代文豪。

可是，当面临阅读的低迷、写作的瓶颈。可能辛辛苦苦写作排版，而最终阅读量只是可怜的个位数；可能写了几万字后，思维就开始枯竭，不知可以输出什么内容。

当一系列的困难袭来，很多的写作者都可能选择放弃，所以有文章说，你能坚持写两年，你已经战胜了 80% 的人。

成功的路上并不拥挤，很多人无法坚持下去。

能在写作这条路上看到光亮的人，不一定天赋异禀，但一定有些别人身上没有的韧性。

不要再问来不来得及的问题，写作最好的时间是十年前，其次就是现在。

写作，是普通人崛起的最好方式

1

时代给写作者提供了更多机会，只要你能写，一定能找到适合自己的平台，带来正向的变化。

时代正在悄悄奖励能写作的人，自媒体的发展，写作让我们比以往任何一个时代都拥有曝光的机会。

写作，是迎战这个时代最好的武器。

有人通过写职业问题，而走上了事业巅峰；

有人通过写育儿问题，亲子关系良好，孩子更优秀；

有人通过写作梳理内心，赶走了抑郁症，更加阳光健康；

有人通过写作打造个人品牌，实现粉丝增加，经济自由，出书立言。

无论你曾经多么普通平凡，只要能坚持写作，世界就会变得宽广。

2

很多人为什么不愿意写？

一方面是觉得写作很难，另外一方面是不相信写作会带来改变。还可能因为目前的生活很安逸，不愿努力。写作需要思考，很累的好不好，有这空还不如聊天刷屏吃烧烤。

所以，很多人即便多年不见，也不会有任何改变，他们不愿意思考，沉溺于舒服的日常。

人一旦停止思考、停止改变的心，基本就这样了，不会成长了。写作来源于内心深处的渴望，渴望变得更好，渴望改变现状。

因为当我们写的时候，就会开始思考，而思考能力，决定了我们看待事物的深刻程度。

一个人如果没有思考能力，看事物就只能流于表面，是很难有什么提高的，所以日复一日没有成长只有老去。

3

不要把写作想得太难，它不过是一种表达方式。如果实在不知如何下笔，可以试试语音写作，只要会说就会写。

一开始，可能写得并不好，但长期坚持，对你各方面的提升一定是飞速的。坚持写会锻炼我们的写作思维，面对问题能有步骤地解决。

写作，是普通人崛起的最好方式。

作为普通人，我们没有任何资源，通过其他方式实现成长很难。而写作，只需要长期稳定输出，就能获得别人的关注和信任，获得一定的影响力。

长期坚持写作的人，有毅力、能吃苦、有思想，肯定特别靠谱。

长期写作又需要阅读，所以长期写，一定会倒逼输入，阅读扩展自己的眼界，思想不再狭隘。

阅读的人不一定写作，但是写作的人一定阅读，写的过程又加深了理解。

小结：

一定要满怀希望，相信写作的力量。

开始写，坚持写，一定能成就自己。只有我们在内心深刻地相信，才会用心努力地去做。

如果你如我一般就是普通的上班族，长期坚持阅读写作，一定会给你惊喜的。

你热爱的东西总有一天会反过来拥抱你。

所有的作家都有一个相似点：勤奋

现在自媒体发展，各平台都聚集了很多优秀写作者。

可能写作风格、领域不同，比如写育儿、理财、成长、教育，但是大家一定有一个共同点，那就是：勤奋。

很多写作者都保持着稳定的更新频率，周更三篇以上，甚至保持日更，发展不错的作者都勤奋努力。

1

天赋型的作者不是没有，但绝大多数的写作者靠的就是勤勉，认认真真输出，积累到一定程度而成功的。

才华是磨砺出来的，用时间和勤奋日积月累。

我关注的号主里，有很多保持每天输出两千字以上的习惯，还注意涉猎多方面的知识，每每读完我都有醍醐灌顶的感觉。他们写着我写不出的文字，过着我向往的生活。

普普通通的我，在那么多勤奋努力的人激励下，也开始勤奋写文。

记得最初的那段时间非常艰难，写短短的三百字都很困难。

但是我没有放弃，每天认真更文，现在每天输出一千字左右，认真打磨自己的内容，希望给读者带去一点点价值。

2

从小，我就对文字很感兴趣，读童话故事，读了一篇又一篇还是意犹未尽。

经常阅读，慢慢体会着文字的美，会为一句广告语惊艳，会为一段文字沉思，会因为一个故事而感动。遇到优美的句子，会偷偷在心里念许多遍，直到背诵下来。

我还会将喜欢的句子一遍又一遍地抄写，既能积累词句又能凝神静气。在分享交流的时候，我发现好多作者也都有这样的习惯。我们因为对文字的敏感，无意识地收集文字，外人看来我们这样有点儿枯燥，但热爱文字的人乐在其中。

现在手机也为写作带来了便利，语音、图片等功能，更方便素材的记录。

3

在大量阅读和收集素材的基础上，那些感悟就像打开了阀门，喷涌而出。没有灵感的时候，只要翻阅积累的素材，就很容易受到启发，完成一篇还不错的文章。

每天都写，刻意锻炼自己的写作肌肉，无论有没有灵感，都是能写下去的。写作是熟能生巧，写到一定阶段，文字就可以信手拈来。

我记得看过一个故事，说的是琼瑶阿姨在创作《苍天有泪》的时候，很辛苦，她就在写作的间隙写《还珠格格》，用来消解写作的疲累。

后来的结果大家都知道了，无心插柳的"还珠"火遍了大江南北。作家到了一定阶段，哪怕是放松的作品，都可能是经典之作。

琼瑶阿姨的创作能力更是毋庸置疑，可以在非常短的时间内创作长篇巨作。

4

任何优秀的写作者，都是勤勉的，能长期坚持输出文字。

勤能补拙是良训，一份辛劳一份才。

刚刚开始的朋友，可以从一百字开始练习，不要操之过急。写了一段时间后，没有内容了，就需要阅读补充，慢慢你的读写能力就会得到提升。

没有谁能随随便便成功，所有的成功者都是脚踏实地，认真勤奋的。与每个跋涉在写作之路的朋友分享、共勉。

新写作时代，每个人都可以通过文字放大能力

新媒体时代，写作已经是一件极其平常的事，不再是文人墨客的专利，不再是普通人无法触摸的。

现在已经是一个全民写作的时代，不需要我们多有文采，更多的是一种经验知识的传递。

李笑来老师就说过："除了'文学'，文字还有更多其他的责任，如传递信息、积累经验、共享知识，而且对大多数普通人来说，后者可能更为重要。"

1

新媒体时代的写作，并不是讲求多么高深的理论，多么文采斐然。而是能语句通顺地表达事物，真诚分享自己的经验，给别人带去一些帮助。

不同的时代，文字有不同的传递形式，现在已经是屏阅时代，人们已经习惯电子阅读。打开手机就可以阅读，不用像以前一样带着厚重的纸质书。

大家习惯电子阅读，那么各个平台就需要大量的文字创作者，这就是每个普通写作者的机会。

2

真的不用担心自己普通，你可以多看看十点读书、洞见等大号，那些阅读量十万以上的文章，其实都是写一些生活中的道理，一些感悟。

有句话说得好，你能理解多少人，就能影响多少人。

新媒体文章，应该是力图写出大众能读懂的、有帮助的文章，而不是说些高深的理论，之乎者也。

我们是普通人，最能了解普通人的核心需求，那就写自己的故事，传递观点。比如育儿、情感、理财、成长，无论哪个方面，只要真诚分享，都会有属于自己的读者。

正是因为我们普通，我们才更能理解普通人的喜怒哀乐，写出来才更真实，更容易产生共鸣。

3

就我而言，为什么那么喜欢齐帆齐老师的文章，从简书、小红书，一直到公众号，现在还参加她的课程。

因为她的文字真实有力量，她的经历让我共鸣，就是我们普通人一步一步努力的模样。她的打工经历、做早餐等，像极了我们身边的某个姐姐，所以很能感染人。

同样很喜欢小郁儿的文章，那些对原生家庭的大方分享，大学退学的无奈，让我深深被她的文字吸引。喜欢这个独自勇敢、坚持写作的姑娘，就像某个邻家妹妹一般亲切。

只要你愿意真诚分享自己的故事，一定能吸引到与你同频的人，别人会看到你的经历这样丰富，你的灵魂如此有趣。

4

我刚开始写作的时候，也有很多顾忌，不好意思分享自己的故事。

害怕别人笑话我长年生活在农村，几乎没有去过大城市；害怕我的想法幼稚，写不出什么高大上的观点；害怕我太普通，没有任何闪耀光芒的经历；不敢写原生家庭里受到的伤害，不敢写另一半的毫无责任感，还要粉饰自己很幸福的模样。这样的结果就是我写得很累，文章里都能读出畏首畏尾的感觉。

直到我看到那么勇敢的小郁儿、郑小妮子、钟米粒，她们在文章里大胆写出原生家庭，婚姻里的不开心和痛苦。这些给了我很大的勇气，于是我也不再粉饰自己的幸福，而是写出生活真实的脉络，哪怕不完美，哪怕有心酸苦痛，但是写完我的内心感觉很畅快。

也因为真诚的分享，结交了很多朋友，得到了大家的鼓励和安慰以及欣赏。

小结：

新媒体时代，也是新写作时代。写作不再只属于专业人士，而是每个人都可以去做的一件平常事。

只要愿意写，就可以成为一名写作者；只要真诚分享自己，读者就能感受到；只要能从文字里给读者带去有用的东西，读者就愿意关注你。

写作两年，我的认知发生了改变

坐而论道，不如起而前行。行动与否，你将会拥有完全不同的状态和思维。

我是一个很惧怕运动的人，总是给自己找无数的借口来逃避，但其实逼迫自己运动后，会感觉到发自内心的舒适，心情也变得很棒。

没有行动的时候，我们往往会对事情进行各种预设，无端消耗了自己的能量。而当我们行动起来，会发现一片新的天空。

1

过去对于付费学习，我是有一点儿排斥的，觉得是被割韭菜。

但从去年开始，我尝试进行了几次付费知识学习，感觉效果很好。在付费的社群里，大家更积极，面对任务更努力地完成。

付费就像是一个门槛，筛选出更优秀的朋友，舍得为自己的成长投资。同时因为是付费，总觉得一定要学到一点儿东西才值得，所以会更加认真地学习。

你是否付费，状态真的不一样。

这里指的是大多数情况，我认识的很多舍得付费学习的朋友，都是自律向上，有强烈改变自己的愿望。当然也有买一堆课程，却从来不看的自我安慰人士，但毕竟是少数。

2

还没有写作前，我觉得很多爆款文也不过如此，觉得每天更文根本不可能。总是不相信别人的努力，同时又对别人分享的内容充满质疑。

直到我写作以后，一点儿一点儿自己摸索，每一天都去实践。然后，我发现写作能力真的是靠打磨，加强锻炼会有很大的提升。我发现每天更文确实是可行的，写得越多越流畅。

发现曾经自己觉得没什么的爆款文，从标题到行文风格，到全文脉络、文中金句，有无数值得学习的地方。

没有行动之前，一会儿盲目自大，一会儿自卑低落，只有自己认真实践之后，才知道真实的写作和自我能力。

我现在可以完成日更，但是离爆款文还有很长距离，还需要继续努力。

3

当我们没有开始做一件事情的时候，自己的一些结论往往充满了主观性，与事物的真实面貌可能有巨大的差异。

只有当我们认真行动，才知道原来是这个样子，对事情、对他人就多了一些理解。

有的事情，我们觉得很难，但其实只要着手做起来，就会发现没有那么难；有的事情，我们觉得很容易，但是去尝试，就发现也没有那么简单。

只有行动，我们才能更客观地看待事物。想要知道李子的味道，就要亲口尝一尝。

4

行动，永远是最有意义的事情。立刻行动，少一些观望的姿态，少一些自以为是，少一些对事情的抱怨，多一点儿踏实努力认真。

越来越不喜欢自以为是的人，根本不了解也不行动，直接否定别人，这个人可能是某些领导，可能是亲人，可能是搭档。尽量学习着不要成为这样的人，对别人多一些理解。

行动，是解决一切事情的良药。

写出好文章，需要三个硬功夫

今天就谈一谈，想要写出好文章，最需要做好三件事。

1　勤奋书写，保持手感

学游泳一定得下水，学写作一定要下笔。

每天都写，是学会写作最有效的方法。每个作家，都是从勤奋写作开始的。你写了一定数量的文章后，就能找到写作的感觉。除了天赋异禀者，普通的写作者都是靠大量的训练获得写作的技能。

虽然很多人诟病日更，但是作为一个日更接近两年的写作小白，想告诉你日更真的有用。

不用举某大号决定不再日更的例子，那个作者可能已经日更五年以上，现在决定寻求新的节奏。这是你一个文章都没写几篇的小白可以比的吗？以此来否定日更实在愚蠢。

2　不厌其烦地摘抄好词佳句

想提升写作技能，就需要学会模仿，不厌其烦地摘抄好词佳句。流传千古的诗词，朗朗上口，每一句都将中国文字的韵律美表达得淋漓尽致。

经常抄写这些词句，可以提升自己的语言能力。还有自己喜欢的句段，都可以抄写，一方面积累描写手法，另一方面好多佳句本身就是有能量的，抄写可以增强内心的力量。

很多次，在我脆弱的时候，都是文字给了我面对的勇气。

3 写作就是思想的外现

写作并不是词汇的堆积，而是作者思想的表达，世界观、人生观、价值观就体现在字里行间。所以，写作的深度决定了文章的深度。

一篇好的文章，就在于作者所表达的思想，或给人启迪，或发人深思，或带来奇妙视角，或让人精神振奋。

一篇好的文章，能给人向上的力量，扫除心灵的尘埃。

我始终觉得，要写正能量的文字，所以有时哪怕我很丧，还是愿意写温暖向上的文字。

我不喜欢灵异、恐怖故事。我觉得那就是文化垃圾，让人读了不适、心理扭曲，不知存在的意义是什么。

小结：

不想当将军的士兵不是好士兵，不想当名家的作者不是好作者。每个写作者都有一个作家梦，如何有效训练十分关键。做好这三个硬功夫，相信不久就能写出属于自己的好文章。

写作是一件枯燥而辛苦的事情，希望有爱好的朋友可以坚持下去。希望我们都能在文学路上破茧成蝶！

通过写作打造个人 IP，我一直在摸索中前进

日更写作两年多，普通的我成了一些朋友眼中的自律所在。

许多想写作的朋友问过我，每天都写怎样一直有话题，难道不会被榨干吗？其实，这就像刀越用越快一样的，很多技能都符合用进废退的原理，写作也一样，越不下笔越不知道写什么，越写越有话说。

当我们每天写作，就会带着写作的思维看待周围的事物，让一切为写作服务。

不需要刻意去做什么，写自己都能写很长时间，每个人的生活都是一部作品，关键看你怎样去描绘。

1

那天在网上看到一句话，"普通人的日子不加速十倍都没眼看"，是的，大部分人的生活都很普通，重复而单调。

但是如果我们认真思考，依然可以从平淡里找寻到那么一些不一样的东西。写作者就需要敏感心，虽然新鲜的事物和环境确实可以刺激思考，但是能从熟悉的事物里获得不一样的感受也是真本事。

就像莫言，写了一辈子山东高密，还拥有源源不断的灵感。据说康德也是一辈子没有出过小镇，但是并不妨碍他写出有名的作品。

写作就是从不同的角度理解事物的过程，记得一个不写作的熟人和我说："听说你写作了，应该多去医院看看。"

这话或许有道理，但是却不知道写作的实质，并不是看的多就能写，而是积累和体悟。

如果要说阅历，那些走南闯北的打工者要比我们丰富许多，但是真的能写下来的寥寥无几。

2

每个人都会有属于自己的故事，都是独一无二的，不要小看自己的真实经历，这是写作里的重要素材。

比如我成长于小镇，大学时母亲早逝，考研因为三分而落榜，回家乡工作十年，写作接近两年，有一个四岁的宝宝，这些都是我身上的标志。

我会分享自己真实的生活感悟，讲自己的故事，那么大家在经常阅读我文章的过程里，就会觉得我像是一个很熟悉的朋友。

我分享生活里的困境，谈自己的勇敢努力，向大家传达能量；我也谈育儿中的困惑，希望可以给大家带去思考，留给孩子一些精神财富；我分享作为小白在写作路上的摸索，看不见成果时的困惑，取得进步的喜悦，摸索出的一些方法；我也谈原生家庭，有和谐温馨，也有过伤害痛苦，在冲突里和解。

我始终相信，素人的成长更能打动人心，真诚的分享读者能够感受。

3

要勇敢展示自己的优点，不要担心自己普通，每个人都有值得别人学习的地方。

比如，我作为宝妈，工作也很繁忙，又身处农村，但是我依然坚持每天阅读、写作，坚决不做咸鱼。

小的时候，大人总是问我们有什么梦想。长大了才知道，大人都忘记了自己的梦想。

记得小时候，妈妈问我长大想做什么，我说想当作家。妈妈说那你拿什么生活，真是异想天开。当时我并不知道作家有稿费，有版税，被母亲问得哑口无言。

渐渐长大，我也开始嘲笑自己年幼时的不知天高地厚，直到自媒体写作的兴起，那么多普通人的成功给了我鼓励。

我开始铆足劲地奔跑在写作这条路上，日更接近两年，八十二万字，变现四位数，全网三千多粉丝，开始为出版书籍做整理工作，梦想变得清晰可见。

4

我很平凡，但是我是那种努力的人，凡事都会多问几个为什么，并通过文字写出自己的思考。

也许我只是最小的自媒体人，也没有取得什么成绩，但我是那种奔跑在路上的人。努力去做，就是最大的意义。

当我们在文章里持续分享自己的故事，为读者提供有价值的东西，慢慢地就能拥有属于自己的个人 IP。

非常喜欢微信首页那句话，"再小的个体，也有自己的品牌"。就像那墙角的苔藓一样，虽然很小但依然努力地绽放。

生命的过程就是这样啊，勇敢发出自己的声音，留下一些努力的痕迹，创造一些价值。不要活成不加速十倍没眼看的苍白人生，为自己赋能，活出需要慢速细品的精彩。

小结：

也许我的个人 IP 还没有多少特点和影响力，但是我会一直坚持去做。摸索创建个人 IP 这件事，除了增强影响力，最受益的也是自己。

我们努力寻找自己的特长，努力写文分享，锻炼自己的输出能力。自己足够优秀和努力，才更值得传递，愿在写作里变成更好的自己。

写完一百万字很重要，数量是最重要的质量

硅谷大佬王川曾说过这样的话："数量就是最重要的质量。大部分质量问题，在微观上看，就是某个地方的数量不够。"

要想在写作路上取得一点儿成绩，首先一定要多写多练，达到一定的数量。

很多人会觉得写作数量与写得好不好没有多大联系，也许真的有天赋异禀，一篇就名扬天下的人，但是对于大多人来说，数量与能力成正比。

1

我刚刚写作的时候，看到有作者说三十万字是写作的入门字数，于是三十万字成了我的第一个目标。

我每天写的并不多，但是我近两年来每天都写。我慢慢写着，达到三十万字后，又给自己定了五十万字、一百万字的目标。

现在写完了八十万字，想更努力地完成第一个一百万字的目标。

因为写作，认识了很多朋友，一些朋友也询问我写作的方法。真的没有什么捷径可以走，写作最重要的就是写起来。

等你坚持写完三十万字，很多东西你自己就理清楚了，如果一个月都坚持不了，问再多的问题又有什么用呢？

2

没有写完一百万字，都还属于初级练习阶段，踏踏实实地写吧，不要考虑那么多。当写的数量越来越多，你的输出能力也就越来越强，文字处理能力也会有大提升。很多时候质量问题，无非是因为数量积累得不够。

刚刚写作的时候，要么不知道写什么，要么写出来的文字很稚嫩，存在很多问题。

就像我，哪怕现在写得也不够好，但是回看两年前的文章，还是明显感觉到成长。写作的速度也有很大的提升，一般二十到三十分钟，就能完成一篇千字文的初稿。

虽然一些时候也会不知道写什么，但是确定写作主题的速度明显快了。

3

写作的功夫都是慢慢提高的，是长期训练出的能力。

刚开始会觉得别人写得不过如此，自己写得很好，陷入盲目自信的状态。但其实，只有踏实去写了才知道差距。

数量不够，能力是无法实现突破的。

就像很多作者都曾说过，一百万字是写作能力的临界点，有没有写完，能力上存在很大的悬殊。

一百万字，我大概两年半的时间可以完成，相比于其他写作者，这个速度有点儿慢，但对于我来说，已经很满意。

也许我没有多少才华，但是我拥有坚韧不拔的毅力。

不管怎么样，我愿意认真阅读，记录思考，那我就属于那种还在努力的人。

很多人说，一百万字后就实现了突破，我期待那天的到来。量变到质变，是亘古不变的真理。

小结：

一个写作小白默默努力两年，每天都写文章，不求能有多优秀，只求超越昨天的自己。

一些朋友说过我的成长有点儿慢，每当这时，我就想起那句话——我走得很慢，但是我从不后退。

不要放弃，有时候再坚持一下，或许就能看到更美的风景。

成功不是属于那些跑得快的人，而是属于那些一直在跑的人，只要坚定你内心真正想要的，并为之持续努力，每个人都会是自己的人生赢家。

长期坚持写作，人生一定能逆风翻盘

从小我的性格就有些内向，不擅长人际交往。

从小听到最多的评价是"可爱"，其实就是普通啦，在人群中毫不起眼的所在。

这么些年，在一件事上我是自信的，那就是写作，从学习作文开始，我的作文就是班里的范文，也因为写作获得过大大小小的奖项。

工作后，我曾经停笔了很长时间，过得混沌迷茫，直到我开始写作，在地方官媒断断续续发表了近十篇作品，后来，我又自己写简书、写公众号。

靠着写作，我获得一些机会、一些认同和欣赏。

1

从前，我觉得写作是底层能力，算不得什么，当我大方写作分享，获得稿费后，从别人欣赏的语气里，我知道写作是一项厉害的附加能力。

而我到现在已经坚持写作接近两年了，两年时间让我获得了很大的成长。

写作后独立思考的能力增强了，为了收集素材、输出作品，遇到事情习惯问为什么，分析事情背后的原因，更深刻地思考人生。

因为从小喜欢看书的原因，我本身就是个爱思考的人。写作后更能看到事情背后的逻辑，有自己的看法，不会轻易受到别人的影响。

2

写作的人表达能力更强，说话做事更有条理。

就这一点来说，真的会有很大的不同，我以前做事情乱糟糟的，想起什么做什么，但是现在我做事情会比较具有条理性。

一般在说话之前我都会在头脑里列个三点，再去展开。

做事情的话，我也一般会在内心里整理一下，怎样做这件事，需要几个步骤。

不要小看这个习惯，让我们做事情更加有章法，提高效率。

当然，我现在的情况是，书面表达能力越来越好了，可能口头表达还是有些欠缺的，需要再锻炼。

3

写作的人有很强的观察能力，能发现别人忽略的小细节。拥有一颗敏感的心，对司空见惯的事情也不会麻木。

我从小感受力就非常敏锐，能迅速捕捉到小细节，这也为我的写作积累了很多素材。

这种观察力，让我有很强的共情能力，更能理解他人。

小时候，我看到一些悲伤的影片，会跟着荧幕上的人一起流泪，非常同情影片里的人。

那么写作，其实也就是练就一种悲悯的能力，成为有温度的、能体谅他人的人，这样的人在哪里都会有发展啊。

4

一个人对于事情能做到反省，是一种很强的能力，而写作之人会经常复盘反思自己的问题。

生活中多的是毫无自我反思能力、总是责怪他人的人，这个人可能是父母、伴侣、朋友。

说起别人的不足来那是滔滔不绝，让他谈自己的缺点是绝对不可能的。

可是生活中，怎么可能有完全正确的人的，能量越低的人越容易以自我为中心。现在看着一些盲目自信的人、颐指气使的人，在内心里真的觉得无比好笑。

遇到一些不好的事情，不要总是陷于抱怨中，而应该认真思考自己有哪些不足，然后自己从这件事情中收获什么。

经常复盘，才能做到翻盘。

5

写作之人，因为要保持输出，所以需要长期保持输入，经常吸纳学习新知识。

现在很多自媒体写作者，更是会写作、排版、运营，各方面的知识都在学习接纳。

对于新事物，也比其他的人更灵敏一些，更多一些机会。

比如，如果我不写作，就不可能知道简书、公众号的使用和赚钱逻辑，就不可能遇到那么多优秀的朋友。更不知道个人IP，不知道网络对个人能力的放大。

写作让我成了内容创造者，一步步完成自己的成长，而不再只是内容消费者。

6

因为写作，把自己经历的事情都用文字表达，文字吸收了我的伤痛。在写作中完成对自己的疗愈，心理变得更加强大。

我认识的好几个写作朋友，写作之前有些轻微的抑郁，但是写作后疗愈了自己。包括我自己，其实我是个心态很不好的人，容易焦虑，也容易悲观，但是写作让我找到了性格中更为阳光的一面。

写作，让我们更加积极，而这种心态，会让我们能更好地面对生活。在面对所有不公的时候，保持成长、积极向上才是最有力的回击。

小结：

写作是值得做的，各方面的能力会得到提升。

对于普通人来说，写作大概是门槛最低的提升方式，也是最容易上手的。而且写作具有复利效应，只要你写下了，就是你的财富。

坚持写，几年以后，你会获得不敢想象的收获，实现人生翻盘。

结　语

写作可能是我改变命运的最后机会了

二十多岁后时间忽然加速，总感觉自己才刚刚大学毕业，认真一想其实已经工作十余年。

以前不理解陶渊明笔下"误入尘网中，一去三十年"，既然误入何不一两年就快点儿抽身？

记得大学的时候，我有自己的梦想，想通过考研提升学历，进入更好的赛道。我真真切切地付出了，那年我最担心的英语都过了国考线，专业却意外丢了关键分，最后，因三分之差无缘面试。当时选择就业，内心里属实不甘，我在心里对大学说"我还会回来的"，却不想工作的繁重让人真的很难再有时间和精力考研。

于是，十年了，我离自己当初的梦想越来越远。

1

在这个小乡镇里结婚生子，做着一份平凡的工作。我曾经以为，一辈子就这样了。直到我遇到写作，犹如打开一扇新世界的大门，让我看到新的可能。

当我看到那么多普通人，通过自媒体写作实现出书梦想，打造个人品牌，活出闪闪发光的人生。我那颗沉寂已久的心开始苏醒，我也是一直热爱写作的姑娘，别人可以我为什么不行？

我也要写，用笔描绘自己的明天。于是三十三岁的陶子拿起笔，开启了写作之路，我知道这个年纪起步算是晚的，但总比没有开始强吧。

时间对于三十多岁的人是珍贵的，所以我分外珍惜能写作的时光，我铆足了劲，想开创美好的未来。

不管工作和生活如何疲累，我都坚持每天阅读，大多数时候能坚持日更千字文，并编辑推出。

2

写作群里的好几个伙伴都问过我，是不是工作很清闲，居然能做到日更。其实，我的职业是教师，每天的工作任务琐碎繁重，很多时候都是累得只想躺平。

但是两年多来我狠狠地逼迫自己写起来，因为我意识到，写作可能是我改变命运的最后机会了。

我一个普通人，没有背景没有人脉，资质也只是平平，如果还做不到自律，那么真的可能永远只能这样了。

一个同为教师的号主说她是随便写写，而我写是想要改变自己的精神状态，想要看见更宽广的世界，甚至想通过写作改变命运。

3

虽然我没那么优秀，也没有多少毅力，但是对于写作这件事，我是认真的。从最初的艰难输出，到如今的打磨作品、提升质量，一步一步前进。

我现在的状态挺好，心中拥有梦想，也有耐心通过长期努力实现它，清楚地知道自己想要什么，但是也不会急于求成。

知道自己能力不强，所以打算写三年，五年，十年……一辈子，也许永远不能成名成家，但一定可以切实改变自己的生活状态。

从我意识到写作的益处开始，就决定要极致践行，写出自己的精彩人生。